オホーツク流氷殺人事件

葵瞬一郎

KODANSHA NOVELS
講談社ノベルス

カバー写真＝ピクスタ
カバーデザイン＝岩郷重力＋A.O
ブックデザイン＝熊谷博人・釜津典之

目次

プロローグ 7
第一章 11
第二章 34
第三章 63
第四章 93
第五章 121
第六章 150
第七章 183
エピローグ 223

プロローグ

二月十九日、午前九時十五分。

海上保安庁第一管区所属の巡視船『あつけし』は根室《ねむろ》海峡を北上していた。右手に国後島《くなしりとう》を眺めつつ、オホーツク海へと進んでいく。

この日は晴天で、海も穏やかだった。

あつけしが前方に流氷を観測したのは、野付《のつけ》半島沖に差し掛かったときだった。澄み渡った青空の下、目に眩《まばゆ》いほどの白い流氷が一面の海を覆っていた。予測では流氷が野付半島に到達するのは来週になるはずだったが、幾らか早まったらしい。

あつけしは砕氷能力を備えており、そのまま北上を続けた。

「……あれは何でしょう?」

あつけしのブリッジにいた首席航海士が訝《いぶか》しげに言ったのは、もう間もなく流氷と接するというときだった。

「どうした?」

船長の高木《たかぎ》三等海上保安監はコーヒーカップを手にしたまま、窓際の航海士の元へ向かった。

「二時の方角に何か見えます」

航海士は双眼鏡を覗《のぞ》き込んだまま答える。

高木はコーヒーを啜《すす》りながら航海士が凝視する方向に目をやった。

反射する陽光に目を細めながら、じっと見つめるうち、前方の氷上に何かがあるのを認めた。まるで純白のシーツに一点だけ黒い染みがあるかのようだ。

「アザラシかトドじゃないのか」

高木はそう言いながらカップを脇の台に置き、自身も双眼鏡を構えた。海獣の類《たぐい》が流氷に乗って南下してくるのは珍しいことではない。

「いいえ、違うようです」

航海士の声に緊張感が増した。

双眼鏡を覗き込んだ高木も、思わず息を呑《の》んだ。急いで倍率を上げ、その氷上の何かをじっと観察する。

「……まさか、な」

大きな氷塊の縁に引っかかるように横たわっているのは、人間のように見えた。

船が接近するにつれて、その姿はますますはっきりしてくる。

「間違いありません、遭難者です」

航海士が声を上げた。それに反応して、ブリッジ内に緊張が走る。

高木は双眼鏡を下ろすと、

「ただちに停船しろ。これから救難活動を始める」

と鋭い声で命じた。

船内放送で慌ただしく指示が飛び、乗員たちは持ち場に就いた。巡視船に搭載されている警備救難艇が海上へと下ろされる。

晴天でも気温は氷点下だ。ボートに乗り込んだ部下たちが厳寒の海に向かっていくのを、高木は厳しい眼差《まなざ》しで見守った。通信士に命じて、周囲で遭難信号が発せられていないか確認させたが、本部によればそのような記録はないとのことだった。

流氷の隙間《すきま》を縫うようにしてボートは慎重に人影へと接近した。やがて部下たちは目的の氷塊に取り付くと、波でボートが上下するのに苦労しながら、人影に手を伸ばした。

「……遭難者を確保しました」

無線でボートから連絡が入った。

「生存しているか？」

「残念ながら心肺が停止しています」

「そうか、遅かったか」

「いえ、というよりも、これは……」

部下は困惑した声で言うと、

「ともかく、遺体を収容して帰りますので、船長が直接ご確認下さい」

と告げた。

一体部下が何を言わんとしていたのか、察しがつかずに高木は首をひねった。しかし、いずれにしてもボートの回収作業に立ち会うため、ブリッジを降りてデッキに向かうことにした。

船まで戻ってきたボートは、揚降装置によって吊り上げられ、回収された。

乗り込んでいた部下たちがデッキに降り立ち、続けて収容していた遺体が運び下ろされる。

床に広げられたシートの上に遺体が横たえられると、周囲に集まっていた乗員たちから「うわっ」と声が上がった。高木は声こそ洩《も》らさなかったものの、やはりぎょっとして目を見開き、じっと遺体を見つめた。

遺体は若い女で、セーターにロングスカート、黒のコートという普段着のような格好だった。漁業関係者でもなければ、密入国者でもないようだ。

そして何より高木の目を引いたのは、遺体の顔に浮かんだ苦悶《くもん》の表情だった。鬱血《うっけつ》により顔が膨れ上がり、舌がだらりと垂れ下がっている。この女が絞《こう》殺《さつ》されたのは間違いなく、首には無惨なロープの痕《あと》がはっきりと残っていた。

死後どれほど経《た》っているのだろう、遺体の手足の肌は青白くなっていたが、氷上にあったせいか腐敗はほとんど進んでおらず、死臭も微《かす》かだった。それでも、乗員の中には、吐き気をこらえるように口元を抑え、遠くへ逃れていく者もいた。

「どうやら海難事故の犠牲者ではなかったようですね」

傍《かたわ》らに立っていた部下が、ぼそりと言った。

高木は頷《うなず》くと、

「この件を警察に連絡するよう、本部に伝えてくれ」

と命じた。

ブリッジへ駆け上がっていく部下を見送ってから、高木は再び遺体に目を向ける。

これまで、死者の出た事故の調査検証に携わったこともあるが、殺人事件となるとまるで勝手が違った。高木にできるのは、遺体を慎重に保管してすみやかに警察に引き渡すことくらいだ。

それにしても、なぜ女の死体は流氷に載って海を漂うことになったのだろうか。

まさか、氷上で襲われ命を落としたとも思えない。となれば、犯人はどこかで女を殺害した後、わざわざ死体を沖まで運んで流氷の上に捨てていったことになる。それとも、船上で女を殺して、海に突き落としたのだろうか。

高木は視線を上げ、周囲の海を見渡した。今では巡視船はすっかり流氷に取り囲まれている。目に映るのは美しく穏やかな光景だけで、事件の真相を探る手がかりになるようなものは何一つ見当たらなかった。

高木は遺体と向き合うと、しばし目を閉じて両手を合わせてから、

「……丁重に船室へ運び込むんだ」

と部下に命じた。

第一章

1

深夜まで事務所に残って作業をしていたため、黒《くろ》石《いし》奈《な》月《つき》が自宅マンションに帰り着いたときには日付が変わっていた。集合ポストから郵便物の束を取り出し、オートロックの扉を抜けてエレベーターに乗り込み、五階にある自宅へ戻った。

くたくたに疲れていた奈月は、リビングの床に荷物を下ろすと、そのままソファへ倒れ込んだ。ずっとパソコンのモニターとにらめっこだったので、目の奥がじんじんと疼《うず》いていた。

しばらく目を閉じて横たわり、少し気力が回復したところで、のろのろとソファを降りた。服を着替えて化粧を落とし、荷物を片付ける。それから、コンビニで買ってきた缶ビールを開け、ソファに座って郵便物のチェックを始めた。

どれもチラシやダイレクトメールの類ばかりだったが、一通だけ、奇妙な封筒が交じっていた。それは何の飾り気もない茶色い事務用封筒で、角張った不自然な文字で宛名が書かれていた。裏返してみても差出人の名はない。

消印を確認すると、北海道の門別《もんべつ》郵便局のものだった。門別といえば奈月の実家がある場所だ。となると、家族の誰かが送ってきたのだろうか。だが、こんな下手な文字を書く人間に心当たりはなかった。

ともかく封を開けて中を覗いてみると、入っていたのは四つ折りにした白い紙が一枚だけだった。

取り出して紙を開いた瞬間、「きゃっ」と奈月は悲鳴を上げていた。

『マガタマヲカエセ』

不気味な赤い文字で、大きくそう書き殴られていた。まるで呪《のろ》いの言葉のように歪《ゆが》んでいる。

とっさに紙を放り捨ててソファの上で身を縮める。ひらりと床に落ちた紙を、恐々と見つめた。

一体この手紙は何なのだろう。誰かの嫌がらせなのか、それとも質《たち》の悪いイタズラか。書かれた言葉が意味不明なだけに余計《よけい》に不気味だった。

しばらくして気持ちが落ち着いてくると、奈月はそっと紙を拾い上げた。他には何も書かれていないことを確認する。

丸めて捨てようとしたが、すぐに思い直し、元通り四つ折りにして封筒にしまった。誰が送りつけてきたにしろ、こうした嫌がらせが今後も続く可能性はある。そうなったとき、この手紙は警察に相談するときに大事な証拠になるはずだ。

それからしばらくは、また同じような手紙が届くのではないかと不安が続いた。

数日が経ったある夜、やはり帰宅が遅くなって夜道を歩いていると、後ろから足音が聞こえてきた。まるで後を付けてくるようにずっと同じ距離を保っている。角を曲がっても、交差点を横切っても、やはり足音は聞こえてきた。こんなときに限って、通りに人影はなく車も走っていない。

考えすぎだと自分に言い聞かせてみたが、恐怖は募っていくばかりだった。振り返って正体を確かめる勇気も出ない。

やがて、自宅マンションに通じる脇道が見えてきた。そこに入ってしまえば、道の左右には塀やフェンスが続き、二十メートルほど奥にあるマンションの玄関まで逃げ込む場所はない。

しばらく迷った末に、奈月は思いきって通りを横断し、反対側にあったコンビニへ飛び込んだ。明るい光に包まれ、レジの店員と立ち読み客を目にすると、安堵《あんど》が身を包んだ。

奈月は窓ガラス越しに通りを見回して、自分を付けていた人間の姿を確認しようとした。ところが、通りには人影が見当たらなかった。奈月の思いがけない行動に驚いて逃げてしまったのか、それとも、最初から付け回されてなどいなかったのか。

いずれにしても、それ以降、奈月は帰宅が遅くなるときは駅からタクシーに乗ることにした。短距離とはいえタクシー代は痛い出費になったが、怯《おび》えながら暗い道を歩くよりはましだった。

そして、手紙が届いてから十日が過ぎたときだった。

その日、奈月はいつものように土曜出勤をしていた。奈月の勤め先は社員六名の小さなデザイン事務所で、一昨年に大学を卒業してから契約社員として働いていた。まだ雑用が主だが、ときおり細かな仕事を任せてもらえるようになってきている。

奈月が仕事部屋で一人作業を進めていると、昼過ぎになって、携帯に電話がかかってきた。画面を見ると、高市新平《たかいちしんぺい》の名が表示されている。実家の黒石家で長く顧問弁護士を務めてくれている人だ。

「もしもし、高市さん、どうもお久しぶりです」

「やあ、奈月ちゃん。元気にしてたかい？」

「まあ、何とかやってます」

高市は黒石家においては家族も同然なので、お互いに遠慮無く話すことができた。

「今年の正月も帰ってこなかったから、みんな奈月ちゃんを心配していたよ」

「本当ですか？　私のことを心配してくれる人なんて、高市さんくらいだと思ってました」

「いやいや、そんなことはないよ」

高市は苦笑して答えてから、

「ところで、今、こっちで面倒な問題が起きていてね。奈月ちゃんは『三翠宝玉《さんすいほうぎょく》』のことをもちろん覚えているよね？」

「ええ」

三翠宝玉は黒石家に代々伝わってきた、いわば家宝のような存在で、実家の敷地内にある社《やしろ》に仰々《ぎょうぎょう》しく祀《まつ》られていた。

「その三翠宝玉が消えてしまったんだよ」

「えっ、本当ですか？」

「今年に入ってすぐの一月三日に、大奥様が社の中を清掃されようとしたところで、三翠宝玉が無くなっていることに気付かれてね。大奥様はたいそうショックを受けて、それからずっと寝込んでしまっているんだよ。君を心配させないよう、今まであえて連絡していなかったんだけど」

「消えたっていうのは、要するに盗まれたってことですよね。警察には届けたんですか？」

「いや、それが、そうもできない事情があってね」

高市の説明によれば、社の扉に設置してあるホームセキュリティの警報装置に作動した形跡がなかったのだそうだ。つまり、犯人は母屋《おもや》にある操作盤で警報のスイッチを切り、社に侵入して三翠宝玉を盗み出した後、再び装置を作動させたことになる。

「それって、内部の犯行ってことになりますよね」

「ああ。だから、警察には届けられないんだよ。万が一にも身内から逮捕者が出ては困るからね」

「じゃあ、お祖母様《ばあさま》も三翠宝玉を取り戻すのを諦《あきら》めているんですか？」

「いや、大奥様としては、何が何でも取り戻したいと考えておられるようだ。何しろ、三翠宝玉は黒石家の繁栄の象徴でもあるし、文化財としての価値も相当なものだからね。それに……」

「何です？」

「いや、こんな話を聞いても馬鹿らしいとしか思えないかもしれないが、黒石家には三翠宝玉にまつわる不気味な言い伝えが残っているらしくてね。『三翠宝玉が消えたとき、黒石家に恐ろしい災厄が降りかかる』と古くから言われていて、大奥様はそれを本気で信じておられるようなんだ。何か恐ろしいことが起きる前に三翠宝玉を取り戻すように、と言い付けられてはいるんだが、警察に届け出ることもできないんじゃ、手の打ちようがない。どうにも困っているんだよ」

「そうなんですね……」

「それで、いよいよここからが本題なんだが、大奥様は今回の件ですっかり気落ちされたのか、妙に弱気なことばかり仰《おっしゃ》るようになってね。まだ意識がしっかりしているうちに相続のことなどを身内の者に話しておきたい、と言い出されたんだ。急な話で申し訳ないんだが、二月十七日に親族一同が集まることになったから、奈月ちゃんもこっちへ戻ってきてもらえないかな？」

「え、私もですか？　……だけど、私、相続なんて興味がないし、何でも勝手に決めてくれて結構ですよ」

「奈月ちゃんならきっとそう答えると思ったよ」

高市は笑って言うと、

「ただ、そうは言っても、奈月ちゃんは法定相続人としてお姉さん三人と同等の立場にあるからね。将来にごたごたの種が残らないよう、一度みんなできっちりと話し合いをしておいた方がいいと思うんだよ」

「……分かりました、必ず出るとはお約束できませんけど、帰省できるかスケジュールを調整してみます」

あまり気乗りしなかったが、面倒なことから逃げてばかりもいられない。

「良かった。それじゃあ、帰省の日時が決まれば、また私の方へ連絡してくれるかい？」

「はい、そうします。……それと、三翠宝玉の件ですが、何か進展があったら私にも教えてもらえますか？」

「ああ、分かったよ。それじゃあ、また」

電話を終えると、奈月は大きく溜《た》め息《いき》を吐きながら携帯を置いた。

奈月の実家の黒石家は、地元でも名の知れた旧家だった。先祖を辿《たど》れば仙台《せんだい》藩の家老に行き着くらしく、それが明治《めいじ》期に開拓団として日高《ひだか》地方に一族で移り住むことになったのだそうだ。以来、歴史の流れの中で様々な盛衰を経てきたが、現在でも黒石家は複数の企業を所有しており、資産は相当なものだった。

その黒石家の当主として実権を握っているのは、奈月の祖母のトワだった。もし、トワの一人息子であり、奈月の父である十吾《じゅうご》が存命なら、奈月が遺産相続などで頭を悩ませることもなかっただろう。しかし、十吾は今から十六年前に事故で亡くなっていた。また、母の花澄《かすみ》も七年前に病死しているため、黒石家の法定相続人は奈月たち四姉妹ということになっていた。

奈月はとても仕事を続けられる気分ではなくなり、席を立って休憩室に向かった。そこでコーヒーを飲みながら、電話の一件について思案を巡らせたが、実は奈月にとって一番気がかりなのは遺産相続ではなく、消えた三翠宝玉のことだった。

高市には言わなかったが、奈月は三翠宝玉にまつわる言い伝えについて詳しく知っていた。まだ高校生の頃、お盆に集まった一族の老人たちが、そのことについてひそひそと語らうのを耳にして、興味を持って調べてみたことがあったのだ。

郷土資料館や図書館に通い、昔の新聞記事や資料を調べた結果、ぞっとするような事実が分かった。

記録されている範囲だけでも、過去に二度、黒石家を恐ろしい悲劇が襲っていたのだ。

最初の事件が起きたのは明治も終わりを迎えようとした時代だった。その頃、黒石家は北海道の各地に鉱山を所有しており、当主は定期的に巡察を行っていた。そして、当主が一族の主立った男たちを引き連れて本家を留守にしていた間に、その悲惨な事件は起きた。本家の屋敷に残っていた八人の家族が皆殺しに遭ったのだ。当初は、脱獄した囚人の集団が押し入っただの、飢えたヒグマに襲われただのといった噂《うわさ》が広がったが、警察が調査した結果、単独犯によるものと断定された。その手口は、朝食のみそ汁の鍋に石見銀山《いわみぎんざん》を放り込み、それを口にして家族たちが悶《もだ》え苦しみ始めると、鉈《なた》を使って一人一人とどめを刺していったというものだった。

警察は本家で働く小作人を始めとして、村の住人や付近に滞在する行商人など、少しでも黒石家に繋《つな》がりがありそうな人物を片っ端から連行し、峻厳《しゅんげん》きわまる取り調べを行ったが、結局、犯人は見つからないままに終わっていた。

二つ目の事件が起きたのは、戦後間もない昭和《しょうわ》二十五年のことだった。このときの事件もまた陰惨なもので、札幌《さっぽろ》へ買い出しに向かったトラックが途中で消息不明となり、数日後に山中で発見されたが、乗っていた本家の家族六人が全員死体で発見されていた。被害者にとどめを刺すために使われたのは散弾銃だったが、殺害する前に虐待を行ったような形跡があり、ことに一行を主導していた当主の弟は、見るも無惨な姿となっていた。

警察は怨恨《えんこん》による犯行と見て捜査を開始し、一ヵ月後には容疑者を数名に絞り込んでいた。ところが、いよいよ捜査が大詰めとなった段階で異変が起きた。当時捜査の中心にいた刑事が謎の水死を遂げたのだ。他殺か自殺か、あるいは事故か、懸命な捜査が行われたが原因は明らかにならず仕舞いだった。そして、この事件の影響で、黒石家に起きた殺人事件もまた迷宮入りとなっていた。

これらの事件が起きたときに三翠宝玉が消えていたのかどうか、もちろん公式の記録に載ることはなかった。しかし、一族の老人たちはそれが事実であるように語り合い、トワもまた言い伝えを信じているのは確かなようだ。

奈月自身は、この呪いが実在することを本気で信じているわけではなかった。だが、未解決に終わった二つの事件はあまりに惨《むご》く不気味で、もし同じような災厄が自分たちの身に降りかかったらと思うと、不安を抱かずにはいられなかった。だから、高市から三翠宝玉が消えたという話を聞いたとき、実は内心でかなり動揺していたのだ。

それにしても、一体誰が三翠宝玉を盗み出したのだろう。そう考えたところで、奈月は先日届いた手紙を思い出し、はっとなった。

『マガタマヲカエセ』

あれは、勾玉《まがたま》を返せ、という意味だったのではないだろうか。三翠宝玉というのは、ヒスイでできた三つの勾玉のことだ。

そのことに気付いた奈月は、もうじっとしていられなかった。急いで後片付けをして事務所を出ると、自宅へ飛んで帰った。

保管してあった封筒を取り出して、入っていた紙を確かめる。そこに書かれた文句は、間違いなく三翠宝玉のことを指しているように思えた。この手紙が届いたのは一月三十日だったから、三翠宝玉が盗まれて一ヵ月ほど経ってから投函《とうかん》されたことになる。

だが、謎のメッセージの意味が理解できたとしても、誰が何のつもりで奈月に手紙を送りつけたのか、という疑問は依然として残っていた。奈月こそが三翠宝玉を盗んだ犯人だと疑っている者がいるということだろうか。仮にそうだとしても、どうして直接問い詰めずにこんな脅迫文めいた手紙を送ったのか、理解できない。

奈月の不安は増していくばかりだった。三翠宝玉の消失は、単なる盗難事件ではなく、やはりもっと恐ろしいことの前触れではないのかという気がしてきた。

何か自分にできることはないかと懸命に考えるうち、ふと思い出したことがあった。そうだ、あの人に相談してみるのはどうだろう。

一度思いつくと、もうじっとしていられなかった。奈月は携帯を取り出すと、すぐに電話をかけた。

2

朝倉聡太《あさくらそうた》に担当編集者の西条《さいじょう》一乃《いちの》から電話がかかってきたのは、二月十一日のことだった。普段はメールでの連絡がほとんどなので、何の用件だろうとちょっとだけ身構える。

「……もしもし」

「あ、先生、東邦《とうほう》新聞社の西条ですが、今よろしいですか?」

「どうしたの? 頼まれていたエッセイなら、来週締め切りだったよね」

「いえ、その件じゃないんです」

「だったら、もしかして武田《たけだ》さんがまた何か?」

朝倉は恐る恐る尋ねる。武田というのは一乃の上司である編集長で、約束した長編原稿をまだ一枚も書いていない朝倉としては、もっとも恐れている相手だった。二ヵ月ほど前にも、ある文芸賞パーティーでうっかり出くわしてしまい、三十分以上も説教されていた。

「武田は相変わらず先生の原稿を首を長くして待っていますが、今日の用件とは関係なくて……その、どちらかといえば個人的な問題で、ちょっとご相談させてもらえないかと思いまして」

一乃はためらいがちに言う。

それを聞いて、朝倉はほっとした。

「へえ、個人的な問題ね。僕でよければ幾らでも相談に乗るけど」

「ありがとうございます。それで、本題に入る前に、一つ先生にお詫《わ》びしておかなければならないことがありまして……」

「何だい？」

「私の大学時代の後輩に、黒石奈月という子がいて、今でも付き合いがあるんですが、その子に例の事件のことを話してしまったんです。先生が解決した、あの東海道《とうかいどう》新幹線で起きた事件のことを」

「それは……」

朝倉の声は微かにこわばった。確かにあの事件は朝倉が解決に導いたと言ってもいい。しかし、事件の調査を通じて経験したことは、できれば触れたくない苦い記憶となっていた。だから、一乃にもあまり人には言わないようにと頼んであったのだが。

「本当に申し訳ありません。彼女とは遠慮無く何でも話せる仲でして、職場であったことを色々と聞かれるうちに、つい先生のことまで喋《しゃべ》ってしまいまして……。もちろん、他の人間には一切《いっさい》話していません」

「それだったら、まあ……で、その話が何か本題と関係あるのかい？」

「はい、大ありなんです。奈月ちゃんの実家は北海道の日高地方にありまして、地元でも有数の旧家なんですが、今、そちらで何だか不穏な事件が起きているそうなんですよ。諸事情によって警察にも相談できなくて、実家の人たちも困っているらしいんですが……」

「まさか、その事件を僕に調査してくれって言うのかい？」

「そうなんです。名探偵として評判の先生のお力を借りることができないか、と奈月ちゃんに頼まれてしまいまして」

「評判も何も、西条さんが僕のことを大げさに話したってだけだろう」

「いえいえ、私は先生についてありのままを説明しただけですよ。ともかく、引き受けるかどうかはともかくとして、一度奈月ちゃんに会って、話を聞くだけでも聞いてあげてくれないでしょうか」

「うーん、そうだなあ……」

「私もざっと事情を聞いただけなんですが、事件自体は単純でも、なかなか面白い背景があるみたいで、きっと先生も興味を持たれると思うんです。もしかしたら、新作のヒントになるかも、なんて勝手に期待しちゃったりしてるんですが」

「ふうん、西条さんがそこまで言うなら、会うだけ会ってみようかな」

「ありがとうございます！」

スケジュールを確認すると、一番早くて十六日が空いていた。その日の午後六時に、新橋《しんばし》駅近くのホテルのラウンジで待ち合わせることにする。

「ところで、黒石さんは僕のペンネームが『国見綺《くにみき》十郎《じゅうろう》』だってことを知っているのかい？」

最後にその点を確認しておいた。

「そういえば、まだ言ってなかったと思います」

「だったら、彼女とはこのまま朝倉聡太として会おうかな」

国見綺十郎の作品として世に出ているのはまだ二

冊だけだが、どちらも百万部を超える大ヒットを記録し、映画化もされていた。恐らく、奈月も国見の名前くらいは知っているだろう。余計な気遣いをさせないためにも、ここは無名作家の朝倉として会うことにした。

当日になり、約束の時間ちょうどにラウンジに入ると、既にテーブルに一乃の姿があった。その隣に、奈月らしい女性が座っている。彫りの深い整った顔立ちで、透き通るような白い肌が印象的だった。白シャツにジーンズという飾らない服装ながら、どことなく挙措《きょそ》に品があるように感じられるのは、旧家での育ちのせいだろうか。

「やあ、お待たせしました」

朝倉が挨拶《あいさつ》すると、二人は立ち上がって迎えてくれた。

「お忙しいところを、無理なお願いをして済みませんでした」

奈月は深々と頭を下げて言う。

「いえ、西条さんにはいつもお世話になってますから、これで少しでも恩返しができればと思っていますよ」

挨拶を終えて席に着くと、飲み物を注文した後、改めて互いに自己紹介をした。

「そういえば、黒石さんはデザイナーをされているそうですが、西条さんの後輩ということは、一般の大学を卒業されているんですよね？」

「はい、そうです。昔からグラフィック関係の仕事に興味があったんですが、大学受験のときに、祖母がどうしても美大を受けるのを許してくれなくて、仕方なく一般大学へ進んだんです」

「お祖母さんの許しが必要だったんですか？」

「十六年前に私の父が事故で亡くなってからは、祖母が実質的に黒石家の当主になっていますので」

「なるほど」

「一度は祖母の言い付けに従いましたが、大学に入った後も、やはり昔からの夢を捨て切れませんでした。それで、西条先輩にも色々と相談に乗ってもらってから、実家には内緒でバイトを始め、そのお給料でデザインの専門学校へ通ったんです」

「あの頃の奈月ちゃんは、本当に頑張ってたよね」

当時を懐かしく思い返すような眼差しで、一乃が言った。

「大学を卒業した後、祖母は黒石家が所有する会社の一つに私を勤めさせるつもりだったみたいですが、さすがに私もこのときは言いなりにはなりませんでした。祖母にはきっぱりと断りを入れて、専門学校で知り合ったデザイン事務所の社長さんに頼んで雇ってもらったんです」

「お祖母さんは怒りませんでしたか?」

「人づてに聞いた話では、それはもう凄《すご》い怒りようだったそうです。ですから、私も祖母の前には顔を出しづらくて、実はもう二年近く帰省していないんです」

奈月は苦笑を浮かべて言った。

そこで注文していた飲み物が運ばれてきたのをきっかけに、話はいよいよ本題へと入った。

「それじゃあ、そろそろ黒石さんが僕に調査を依頼したいという事件のことを詳しく教えてもらいましょうか」

「分かりました」

奈月は表情を引き締めて頷き、説明を始めた。

一乃が言っていたとおり、確かに奈月の話の内容は非常に興味深いものだった。黒石家に代々伝わる三翠宝玉、過去に起きた二つの惨劇、突然送りつけられてきた謎の脅迫状。どれを取っても朝倉の想像力を大いに刺激してくれる。

やがて奈月の説明が終わると、さっそく一乃が、

「どうですか、先生。興味を持たれたんじゃないで

すか?」

と尋ねてきた。

「確かに、ただの盗難事件じゃないという印象は受けるね」

「じゃあ、調査を引き受けてくれますか?」

一乃の問いかけに、朝倉はすぐには返答せず、少し考えてから、

「……黒石さん、仮にあなたの依頼を引き受けたとしても、実家の方たちは僕の調査を受け入れてくれるでしょうか。あなたが僕のことをどのように紹介しようと、警察でもない赤の他人が家庭内の問題に首を突っ込んでくれば、誰だって嫌な気がするでしょう。僕が屋敷から追い出されても不思議はないと思いますよ」

「その点でしたら心配ありません。朝倉さんに引き受けていただいた後で失礼がないよう、先に実家に連絡を取っておきましたから。祖母と直接話したわけではないんですが、実家の顧問弁護士である高市さんという人を通じて事情を伝えてもらい、了承を得ています。ですから、この依頼は私個人ではなく、黒石家からのものであると考えてくださって構いません。三翠宝玉を取り戻すためなら、朝倉さんがどんな調査をしようと、邪魔されることはないはずです」

「そうですか……」

そこまでお膳立《ぜんだ》てしてもらっているなら、思い切って引き受けてみてもいい気がした。これが殺人や誘拐といった凶悪犯罪であったなら、さすがに荷が重すぎるが、盗難事件の調査くらいならどうにかなるかもしれない。

「分かりました、お引き受けしましょう」

「本当ですか? ありがとうございます」

「ただ、僕もプロの探偵というわけじゃないし、必ず三翠宝玉を取り戻してみせる、とは約束できませ

んよ」

「先生なら大丈夫ですよ。きっと見つけられます」

一乃が確信に満ちた顔で言う。

「だといいんだけど」

それから、朝倉たちは調査についての具体的な計画を話し合った。

「明日、実家に親族が集まることになっていて、私もそこへ出席するんですが、朝倉さんのご都合はいかがでしょうか?」

「それなら、僕も明日、黒石さんに同行しましょう。親族のみなさんが集まってくれるのは、聞き取り調査の点からも好都合ですしね」

「分かりました。では、私の方で飛行機のチケットを取っておきますね」

奈月がそう答えたところで、

「先生、済みません。私は仕事の都合でちょっと同行するのが難しそうです」

と一乃が言った。

「気にしなくていいよ。取材旅行ってわけじゃないからね」

「どうか奈月ちゃんのことをよろしくお願いします ね」

三翠宝玉の言い伝えが気になるのか、それとも脅迫状のことが頭を過《よ》ぎったのか、一乃は不安げな眼差しで奈月の方を見た。

3

翌、二月十七日土曜日。

朝倉は午前九時に羽田《はねだ》空港の第一旅客ターミナルで奈月と落ち合った。飛行機のチケットを受け取ってから、すぐに搭乗口に向かう。JAL509便に乗って新千歳《しんちとせ》空港まで行き、そこからJR千歳線で苫小牧《とまこまい》駅を目指した。

苫小牧駅からは、日高本線に乗ることになった。

日高本線のホームには、ワンマン運転のディーゼル気動車が停《と》まっていた。朝倉と奈月は二両編成の前車両に乗り込み、ボックスシートに向かい合って座る。

「そういえば、黒石さんの実家は日高町にあるんだよね。この列車は鵡川《むかわ》行きみたいだけど、そこでまた乗り換えをするのかな？」

発車を待つ間、朝倉は尋ねた。

「あ、朝倉さんはご存知ないんですね。実は、日高本線は、今はもう鵡川駅までしか運行していないんです」

「本当かい？」

「二〇一五年の一月に、低気圧の影響で発生した高波で、沿岸を走る線路の土砂が流され、運行が中止になってしまったんです。その後も、台風や大雨で橋が流されたりしたので、鵡川から先の路線はもう復旧を断念している状態でして」

「そうなのか、知らなかったな……。じゃあ、鵡川駅から先にはどうやって行くんだい？」

「代行バスが走っているので、それで日高門別駅まで行けます」

間もなく発車のアナウンスが流れ、笛の音と共にドアが閉まった。列車がゆっくりと走り出す。

しばらくは車窓の外に苫小牧市街の景色が続いたが、次第に人家がまばらになっていった。並列して走っていた他の線路から離れ、日高本線の単線だけが真っ直ぐ延びる辺りまでくると、周囲には雪に覆われた灌木《かんぼく》だけが並ぶ、荒涼とした風景が続くようになる。

朝倉が延々と広がる白い平野を眺めていると、

「これ、よかったらどうぞ」

と奈月がサンドイッチを差し出してきた。苫小牧駅の売店で買ってあったものだ。

「ありがとう、一つもらうよ」

ここまで乗り換え優先で来ていたため、食事を取る時間もなく、朝倉もすっかり腹が減っていた。

二人で黙ってサンドイッチを食べているうちに、再びちらほらと人家が見え始め、やがて次の駅に停車した。

鵡川駅までは三十分ほどしかかからなかった。本来の日高本線であれば、まだまだスタートしたばかりの位置になるはずだ。しかし、奈月の言っていたとおり、そこから先の線路は雪に覆われており、もはや使用されていないことを無言で物語っていた。その光景は妙に物悲しく感じられ、朝倉はホーム上でマフラーに顎《あご》を埋《うず》めながら、しばらく線路を眺めていた。

駅を出てバスに乗り、五十分ほどかかって日高門別駅に到着した。時刻は間もなく午後二時になるところだ。

バスから降り立ったのは朝倉と奈月の二人だけだった。駅前には商店も飲食店もなく、小さな駐車場に車が数台停まっているだけで閑散としていた。駅舎はまだ管理維持されているようだったが、中は無人でがらんとしていた。

「すぐにタクシーを呼びますね」

そう言って奈月が携帯を取り出そうとしたところで、車のクラクションが聞こえた。見ると、駐車場に停まっていた車の一台がこちらに向かってきていた。シルバーの高級外国車だ。

車は二人の前で停まり、運転席のウインドウが下りた。顔を覗かせたのは五十代くらいの紳士的な風《ふう》貌《ぼう》の男だった。

「あ、高市さん。迎えに来てくれたんですか？」

「ああ、このくらいの時間に到着すると聞いていたからね」

「わざわざ済みません……あ、朝倉さん、ご紹介します。この方が黒石家の顧問弁護士をしてくださっている高市さんです」

奈月の紹介を受けて、高市はドアを開けて車から降り、

「どうも初めまして、高市です。遠路はるばる日高まで来ていただきまして、まことに恐縮です」

と挨拶してきた。

「朝倉です。どうぞよろしくお願いします」

「さあ、まずは車にお乗りください。東京からいらした方には、この寒さはこたえるでしょう」

「いえ、これまでも何度か北海道には来たことがあるので、多少は慣れているつもりです」

日高行きが決まってから、朝倉は急いで納戸の荷物を漁《あさ》り、裏ボアコートだの滑り止め付きブーツだのを引っ張り出していた。

「なるほど、そのようですね」

高市は朝倉の姿を眺めて、微笑を浮かべた。

トランクに荷物を積み込み、朝倉と奈月は後部シートに乗り込んだ。高市はゆっくりと車をスタートさせる。

しばらく走ると、すぐに市街地を抜け、道の左右に野原や丘が広がる一帯に入った。

「奈月ちゃんの話では、朝倉さんの本業は作家だとか?」

ふいに高市が尋ねてきた。

「ええ、そうです」

「実は、朝倉さんがどのような作品を書かれているのか気になって、インターネットで調べさせてもらったんですが、不思議と一冊も検索に引っかからなかったんですよ。何か調べ方が悪かったんでしょうか」

「あ、それは……」

朝倉は内心でどきりとしてから、

「その、作家といっても半分はフリーライターのよ

うなものでして、雑誌に取材記事などを載せてもらうのが中心で、まだ単独名義の本は出せていないんです。ですから、検索しても出てこないのは当然です」

「はあ、なるほど……いや、済みません、私は出版業界の事情には疎いもので、つまらない質問をしてしまいました」

「いえ、とんでもない」

上手《うま》く誤魔化《ごまか》せただろうか、と朝倉はバックミラー越しに高市の表情を窺《うかが》った。

先ほどから高市は、愛想良く振る舞ってはいるものの、心から朝倉を歓迎しているという感じでもなかった。朝倉に向ける視線には、慎重に値踏みしているような気配がある。奈月は実家の了承を得て朝倉に依頼したと言っていたが、高市からすれば、熱心な推薦に押し負けて仕方なく当主のトワに話を通した、というところなのかもしれない。

やがて、車は海岸沿いに出た。道路の右手に穏やかな太平洋が広がっている。

ぼんやり海を眺めているうちに、何かの工場のようなものが見えてきた。大きなコンクリートの建物が数棟並んでいるが、どこもまるで人気がなくがらんとしている。その前を通過するとき、建物の壁に『黒石水産』と書かれているのが見えた。

「あちらの建物も、黒石家が所有してるんですか？」

朝倉が尋ねると、高市はちらりとバックミラーに目をやり、

「はい。古くから、地元の漁協と提携して水産加工会社を経営していたんですが、水揚げ量の減少や慢性的な経営赤字が長く続いたせいで、五年ほど前に廃業しました。建物を取り壊すにしても、まだ充分に使用できる設備も残っているため、何らかの形で転用できないかと役場や漁協の方から申し出があっ

て、ずっと手つかずのままになっているんです」

と説明してくれた。

それを聞くと、黒石家が地元でも有数の旧家であることを改めて実感した。

そこからすぐに車はスピードを落とし、細い枝道に入っていった。入り口のところには『黒石美術館直進二百メートル』という案内板が出ている。

「今の看板は?」

朝倉は奈月に聞いてみた。

「ああ、この先に黒石家が所有している私設美術館があるんです。もし興味があるなら、後でご覧になってください」

砂利敷きの道は、小さな森の中を突っ切るように延びていて、やがて二手に分かれた。ここを真っ直ぐ進めば美術館なのだろう。車は左に曲がって進んでいく。

「もしかして、もう黒石家の敷地に入ってるのかな?」

「はい。この道に入ったところからずっと私有地になってます」

「ああ、そうなのか。東京では考えられない広さだなあ」

「広いだけで、何もないんですけどね。ずっと昔は、畑を作ったり、牛や羊を飼ったりしていたそうなんですが」

それからすぐに車は森を抜け、開けた土地に出た。前方に見えてきた建物を高市は指し示して、

「あれが黒石家の母屋です。大正《たいしょう》時代に建てられたもので、黒石家が許可さえすれば、重要文化財として登録されるのは間違いないそうです」

と説明してくれる。

黒石家の母屋は、周囲に塀を巡らせており、正面には大きな門を構えていた。重厚な瓦屋根の、一見すると武家屋敷にも見える建物だが、大正時代の建

築だけあって、ところどころに洋風の意匠も施されていた。一族の者十数人が住み暮らしてもなお部屋が余るのではないかと思われる大きさだ。

門の横には大きな屋根付きの駐車場があり、車が三台停まっていた。高市もそこへ駐車する。

「まずは朝倉さんをゲストルームへご案内しましょう。そこで荷物を下ろしていただき、一休みしてから、大奥様のもとへお連れするということでいかがですか？」

「はい、お願いします」

「では、こちらへ」

高市は車を降りると、朝倉を案内して門を潜《くぐ》った。しかし、母屋の玄関には行かず、建物の周囲をぐるりと巡っている石畳の上を進み、裏手に向かった。奈月も朝倉の後に続く。

母屋の裏手には、別棟が建っていた。こちらは築二十年と経っていないような建物で、和風モダンな外観の、いかにも住み心地が良さそうな二階建ての邸宅だった。母屋とは渡り廊下で繋がっているが、この建物にも玄関がついていた。

「こちらは北棟と呼ばれていまして、以前は母屋と同じ時代の建物だったんですが、さすがに生活の上で色々と不便になってきた上に、補修し続けるのも大変だったものですから、台風で屋根が大きく傷んだのをきっかけに、建て直されたんです。今では、大奥様以外のご家族はみんなこちらで暮らしています」

高市はそう説明して、玄関前のテラスに通じる階段を上っていった。

「それじゃあ、私も荷物を置いてきますので」

奈月は朝倉たちには続かず、石畳の上で言った。

「奈月さんの部屋は別のところにあるの？」

「はい。向こうに離れがありまして、昔から私の部屋として使わせてもらっているんです。アトリエ兼用で使うのにちょうどいい部屋なんで。荷物を置いたら、すぐにまたこちらの北棟に戻ってきますから、リビングルームで待ち合わせましょう」

そう言い残して、奈月は一人で石畳の先に進んでいった。塀の途中に裏門があり、奈月はそこから出て行く。

「さあ、朝倉さん、こちらへ」

高市は玄関の扉を開けて、朝倉を招いた。

玄関ホールは広々としていたが、暖房が充分に効いていて、暑いくらいだった。

「おーい、中田《なかた》さん、いるかい?」

高市は靴を脱いでホールへ上がり、奥に向かって呼びかけた。

しばらくして、ホール脇の戸口から六十代くらいの女が出てきた。炊事をしていたのかエプロンを付けている。

「あら、高市さん、お帰りなさい。そちらの方がお客様ね?」

「ああ、そうなんだ。朝倉さん、こちらの女性は、北棟の家事を一切受け持ってくれている中田美代子《みよこ》さんです。食事から洗濯まで、身の回りで必要なことがあれば中田さんに頼んでください」

「分かりました。中田さん、滞在中はお世話になります」

「はい、お任せください」

美代子は朗らかに応じた。

これから母屋に渡るという高市とはその場で別れ、朝倉は美代子に従ってゲストルームに向かった。ホールの階段を上って二階に上がり、廊下を奥に進む。

贅沢《ぜいたく》なことに、ゲストルームは二間続きで、居室と寝室に分かれていた。ベッドやテーブルも上等なもので、リゾートホテルに宿泊したような気分になる。

しばらく景色を眺めた後、荷解きをし、それから朝倉はリビングルームへ下りることにした。

「夜八時まででしたら、私は厨房にいることが多いですから、何かご用のときは内線電話で呼び出してください。応答がないときは、申し訳ありませんがしばらくお待ちいただくか、それとも私を探しに下りていただけると助かります」

最後にそう言うと、美代子は一礼して下がっていった。

朝倉はコートを脱いだが、それだけではまだ暑かったので、着込んでいたセーターも脱ぐことにした。シャツ一枚でちょうど良い感じになる。

窓から外を眺めると、周囲に広がる野原や森が目に入った。少し離れた場所に小さな建物があったが、倉庫かガレージのようだった。奈月が使っているという離れは、ここからでは見つけられなかった。もう一つの窓を覗くと、森の向こうに巨大な立方体を組み合わせたような近代的デザインの建物が見えた。きっとあれが黒石美術館なのだろう。

第二章

1

ホールの階段で一階に下り、通路を進んでいくと、広々としたリビングらしき部屋に出た。通路から一段下がった円形の空間にソファセットが置かれ、壁際には大型テレビやオーディオ機器などが並んでいる。

リビングにはもう奈月の姿があり、こちらに背中を向けてソファに座っていた。

「やあ、お待たせ」

声をかけながら近付いたが、振り返った女性は奈月ではなかった。似てはいるが別人だ。

「あなた、誰?」

女は訝しげに朝倉を見つめる。

「あ、これは失礼しました。奈月さんかと思ったもので」

「ふうん、それじゃあ、あなたは奈月のお友達?」

「友達というか……知人といった方が正確かもしれません」

「あはは、堅苦しいこと言っちゃって。うちへ遊びに来たんなら、お友達でいいじゃない」

女はやけに馴《な》れ馴《な》れしく言ってから、

「さあ、あなたもこっちに座ったらどう?」

と隣のソファを勧めてきた。

「はあ、それじゃあ、失礼します」

遠慮がちに腰を下ろしたところで、朝倉はテーブルにワインボトルとグラスが置かれていることに気付いた。先ほどから妙な調子だと思っていたが、どうやら女は酔っているらしい。まだ午後三時を過ぎたばかりなのだが。

「私は奈月の姉の千鳥《ちどり》よ。あなたのお名前は?」

「僕は朝倉と言います」

「そう、朝倉さんね……どう、あなたも一杯付き合わない?」

千鳥はぐっと身を寄せ、ワイングラスを押しつけてくる。吐息には濃いアルコールの匂《にお》いが交じっていた。

「いえ、僕は結構です」

「そんな遠慮しないで、一杯だけでも」

千鳥がぐいぐいと迫ってくるので、朝倉は腰を浮かせて後ろへ下がらなければならなかった。広いソファでなければ床に転げ落ちていただろう。

しばらく断り続けていると、千鳥はやっと諦め、つまらないわね、と呟《つぶや》いて一人で飲み始めた。

朝倉はほっとしながら、さり気なく千鳥を観察した。前もって奈月から聞いていた情報によれば、千鳥は四姉妹の中で二番目の姉にあたり、年は三十歳のはずだ。

酔いで目元が赤く染まっていても、千鳥は美人と言っていい顔立ちだった。背中まで伸びた髪にはゆるくパーマがかかっていて、茶色くきれいにカラーリングされている。さり気なく身につけたアクセサリーは全て高級品で、いかにも優雅な日常を送っている印象だった。

「あ、千鳥姉さん」

ふいに声がして、振り向くと廊下に奈月の姿があった。

「あら、奈月、お帰りなさい。今、あなたのお友達の朝倉さんとお喋りしてたところよ」

「……また飲んでるの?」

ソファまでやってきた奈月は、ワインに気付いてわずかに眉《まゆ》をひそめた。

「そうよ、悪い?」

「この後、お祖母様からみんなに大事なお話があるんでしょう? お酒はほどほどにしておかないと」

「このくらい、どうってことないわよ」

平然と言って、千鳥はグラスにまたワインを注ぐと、

「それより、奈月はもうお祖母様に挨拶したの?」

「ううん、まだだけど……」

「だったら、お叱《しか》りを受けるのはこれからなのね。可哀想《かわいそう》に、本気でお怒りのお祖母様に頭を下げにいかなきゃならないなんて、想像するだけでもぞっとするわ。まあ、お祖母様に逆らって勝手な真似をしたんだから、自業自得だけど」

千鳥は意地悪げな口調で言う。

「そのことについては、私は自分が悪いとは思ってないし、お祖母様に謝るつもりもないから」

奈月はこわばった顔で応じてから、

「あの、朝倉さん、ちょっとあちらで話をさせてもらっていいですか?」

と言った。

「なによ、こそこそと。話があるならここですればいいじゃない。それとも、私が邪魔だって言うの?」

「失礼、二人きりで話がしたいと、僕の方でお願いしてあったんですよ」

朝倉はさっと席を立つと、奈月を促してリビングを離れた。後ろで千鳥が何か不満の声を上げているのが聞こえた。

奈月の案内で、朝倉はダイニングルームに入った。部屋には八人がけのテーブルが置かれていて、奥には厨房《ちゅうぼう》に通じるドアがあった。

「済みません、姉が失礼な真似をしませんでしたか?」

テーブルに着くなり、奈月が言った。

「いや、別に失礼ということもなかったんだけど、お姉さんはいつもあんな感じなのかい？　それとも、今日だけ特別乱れていたとか？」

「それは……」

　奈月は答えをためらう素振りを見せた。

「これは個人的な興味で聞いているんじゃないんだよ。もうすでに調査は始まっていて、その一環での質問だと思ってくれていい。三翠宝玉を盗んだ犯人が身内の中にいる可能性が高いのなら、当然、千鳥さんのことも疑ってかからなければならないんだ。気が進まないのは分かるけど、三翠宝玉を取り戻すためにも、できるだけ詳しく千鳥さんのことを教えてもらえないかな」

「……分かりました」

　奈月は覚悟を決めたように頷くと、

「姉があんな風に昼間からでもお酒を飲むようになったのは、ここ二年くらいのことなんです」

と言った。

「原因は分かっているのかい？」

「はい。……一言で言えば、結婚生活の破綻《はたん》が原因です。千鳥姉さんは二十六歳のときにお見合いで結婚したんですが、その相手というのがひどく女癖の悪い人でして。複数の女性と付き合っていただけでなく、結婚後も、姉に隠れて関係を続けていたそうなんです。嫁いでから一年も経たないうちにその事実が明らかになって、姉の家庭生活は荒れに荒れました。ですが、その夫は黒石家のグループ企業と取り引きのある会社の社長の息子だったので、勝手に離婚することも許されず、姉はずっと我慢を強いられました。そのストレスが原因で、お酒に走ることになったんだと思います。結局、三年が過ぎたところでやっと離婚が成立しましたが、そのときにはもう姉はお酒が手放せなくなっていました」

「離婚してからは、こっちへ戻ってきたのかい？」

「いえ、姉は普段は横浜《よこはま》の方で生活しています。結婚したときに新居として購入したマンションがそちらにあるものですから。離婚するとき、マンションの権利は全て姉のものになったみたいです。一度都会生活を経験すると、何の刺激もないこの町での暮らしには耐えられない、と言ってました」

「じゃあ、今日は、奈月さんと同じように、親族会議のために呼び寄せられたってことだね。ちなみに、彼女は今年の正月には帰省していたのかな？」

「ええ、そのはずです」

深酒した千鳥が、世間体のために離婚を許さなかった実家を恨み、腹いせのために深い考えもなく三翠宝玉を盗んだ、などという可能性はあるだろうか。

「他にも何か、聞きたいことはありますか？」

「いや、今のところはこれで充分だよ。ありがとう。ところで、トワさんのところへ挨拶に行くまでにまだ時間があるなら、三翠宝玉を祀っていたという社を見ておきたいんだけど」

「はい、私も朝倉さんを社へご案内するつもりでいました。建物を出るので、その格好だと少し寒いかもしれません」

「じゃあ、少し着込んでくるよ」

朝倉は一度ゲストルームに戻ってセーターを着込み、玄関ホールで再び奈月と合流した。

ホールの奥には渡り廊下に通じるドアがあり、二人はそこから母屋に向かった。

渡り廊下は北棟と同時期に建てられたものらしく、コンクリート製のしっかりした造りだった。突き当たりには古い木製の戸があり、それを引き開けて母屋に入る。

建物の中は、まさに大正時代がそのまま続いているような雰囲気で、長年磨き込まれた柱や床板が艶《つや》光《びか》りしていた。書院造り風とでもいうのか、やはり先祖が武家だったせいか華美な装飾などは見当たらず、重厚さばかりが感じられる。冷え冷えとしている上にやけに暗いので、朝倉は何となく息苦しいような気分になった。

　奈月は廊下を進んでいき、一つ角を曲がったところで立ち止まった。すぐ近くに通用口と思われるドアがあり、その横の壁に操作盤らしい機器が取り付けられていた。

「これがホームセキュリティ装置のコントロールパネルです。基本的に昼間は警戒モードをオフにしていますが、普段使うことのない部屋の窓や裏口なんかは、いつも警報装置が作動しています」

「社の扉も、常に警報装置が作動している箇所になるのかな?」

「はい。祖母が清掃などで社に入るときは、いちいちここで警報を解除していました。三翠宝玉が盗まれてしまった後は、ずっとオフのままみたいですが」

「パネルの操作は簡単なのかな? たとえば、屋敷に入り込んできた部外者が、いきなり警報装置を切ることはできるんだろうか」

「そうですね、全体のシステムをオフにするだけなら、この解除ボタンを押すだけでいいので簡単だと思います。ただ、建物の特定箇所にだけ元通り警報装置を作動させるとなると、仕組みを知らない人には難しいんじゃないでしょうか」

　奈月はそう言うと、実例で示すように、まず全体のシステムをオフにした。それから、少しややこしい手順で複数のボタンを押していく。最後に、警報装置を設定しました、というアナウンスが流れて、セットは完了した。

「確かに、手順を知っていなければ、セットし直すのは難しそうだね」

　だからこそ、高市も内部犯を疑ったのだろう。もし犯人が外部の人間だったとしても、誰か手引きをした人間が身内にいるはずだ。

それから、奈月と朝倉は通用口にあったサンダルを履いて、外に出た。

母屋の軒下から石畳が延びていて、十メートルほど先に鳥居があった。その鳥居を潜った奥に、三翠宝玉が祀られていた社がある。建物の高さは三メートルほどはあるだろうか、石造りの土台に唐破風《からはふ》の屋根を持ち、個人宅のものとは思えない立派な姿だった。

朝倉たちは薄く積もった雪を踏みながら社に向かった。

社の扉の格子にはガラスがはまっていて、中を覗くことができた。二畳ほどの広さで、奥に祭壇が設けられている。きっとその祭壇の中心に三翠宝玉は祀られていたのだろう。

「入ってもいいのかな?」

「どうぞ」

奈月の許可をもらい、朝倉はそっと扉を開けて、社に入ってみた。

建物の中はごく簡素で、よく神社に見られるような祭具や飾りなどは見当たらなかった。扉の他は窓もなく、三翠宝玉を盗み出そうとするなら、やはり警報装置を切って正面から上がり込むしかなさそうだ。

「この社は、元々は氏神でも祀っていたのかな?」

「さあ、私も詳しくは知らないんですが、他に神様を祀っているという話は聞いたことがありません」

つまり、この社は三翠宝玉を納めるためだけに建てられたようだ。

盗んだように見せかけて、実は元の場所のどこかに隠してある、などという可能性も考えて、朝倉は社の中を隅々まで調べてみた。しかし、怪しい箇所は見つからなかった。

二十分ばかりも社にいたせいで、すっかり体が冷えてしまった。奈月も自分の肩を抱くようにして身を震わせている。

「ごめん、待たせたね。家に戻ろうか」

朝倉たちは母屋まで戻り、北棟に渡った。厨房にいた美代子に頼んで熱いコーヒーを用意してもらって、リビングルームに向かう。すでに千鳥は引き上げており、空のワインボトルとグラスだけが残されていた。

コーヒーを啜り、ようやく体が温まってきたところで、高市が姿を現した。

「ああ、こちらにいらしたんですね」

「どうしました?」

「親族会議が始まる前に、大奥様が朝倉さんにご挨拶したいそうです。一緒に奈月ちゃんの顔も見たいとのことでして」

「分かりました……奈月さんもいいかな?」

朝倉が声をかけると、

「……はい、行きましょう」

と奈月は硬い表情で頷いた。

2

奈月の緊張が移ったのか、トワとの対面を前にして、朝倉も落ち着かない気分になっていた。母屋の廊下の陰鬱な雰囲気が、なおさら心に重圧を与えてくるように感じられる。

先を歩いていた高市が、立ち止まって振り返った。朝倉たちが追いつくと、目の前の襖《ふすま》に向かって、

「大奥様、朝倉さんと奈月ちゃんをお連れしました」

と呼びかける。

ぼそぼそとした返事が聞こえた後、失礼します、

と高市は襖を開けた。途端《とたん》に、むっとするような暖かい空気が流れ出てきた。病院のような薬品臭も漂ってくる。

　部屋は十二畳ほどの広さの和室だった。部屋の中央には介護用ベッドが置かれ、そこに小柄な老女が座っていた。ベッドを起こして背中を預けている。その姿を見て、奈月がはっと息を呑む気配がした。

　朝倉は恐る恐る部屋に足を踏み入れた。部屋の隅には加湿器が置かれ、盛んに蒸気を吹き出している。ベッドの向こう側には介護人らしい中年の女が控えていた。

　朝倉がベッドの横に立つと、老女は深々とお辞儀した。

「よくいらしてくださいました。私が黒石トワです」

「どうも、朝倉と申します」

「このたびは、三翠宝玉探しをお引き受けいただいたそうで、感謝いたしております」

「僕のようなものがお役に立てるかどうか分かりませんが、依頼をお引き受けした以上は、力を尽くしたいと思っています」

「今となっては朝倉さんだけが頼りです。どうぞよろしくお願いいたします」

　トワの声は弱々しく、そのいかにも無力な姿には、哀れみさえ感じるほどだった。老いてもなお一族を支配し続ける厳格な女当主を想像していた朝倉としては、戸惑いを覚えてしまう。

　高市に勧められて、朝倉たちはベッド脇に置いた丸椅子《まるいす》に腰を下ろした。

「三翠宝玉の言い伝えについては、もうお聞きになりましたでしょうか」

　トワが目をしょぼつかせながら尋ねてくる。

「はい、奈月さんから詳しく伺いました」

「では、私の方から改めて申すまでもなく、今、黒石家がどれほど恐ろしい状況に置かれているか、よくお分かりになったかと思います。私としても、この年になってから身内が次々と不幸に見舞われるのを目にするなど、とても耐え難いことです。どうぞ、三翠宝玉を一刻も早く取り戻し、恐ろしい災禍を未然に防いでいただければと願っております」

トワの口調は真剣そのもので、その目には怯えが浮かんでいるように見えた。言い伝えを心から信じ込んでいることが分かる。

それから、トワは視線を奈月に転じた。

「奈月や、よく帰ってきてくれたね」

「はい、お祖母様。長い間、顔も見せずに申し訳ありませんでした」

「暮らし向きの方はどうだい？　不自由なくやっていけているのかい？」

「それは……私としては、今の生活に満足しています」

「何か困ったことがあれば、すぐに高市に相談するんだよ」

「いえ、そういうわけにはいきません。私は、本当の意味で自立したいと思っていますから」

奈月は少し顔をこわばらせて、挑むように言った。

トワはそんな奈月を無表情に見つめてから、

「そう構えなくとも、今更お前の選んだ道に文句を付けるつもりはないよ。ただ、無駄に意地を張るのはおよし。困ったときに家族を頼ったからといって、誰に後ろ指を指されることもないだろうからね」

と諭すように言った。

奈月はそれには返事をせず、黙ってトワを見つめた。

「……さあ、奥様、そろそろ横になりませんと」

介護の女が、そっと声をかけた。トワが頷くと、ベッドがゆっくり倒される。

「ではまた、後ほど」

高市は一礼すると、朝倉たちを促してトワの部屋を後にした。

しばらく廊下を歩くうちに、奈月はたまりかねたように小走りで高市に並んだ。

「高市さん、お祖母様はいつからあんな風なんですか？　寝込んでいるとは聞きましたけど、まさかあそこまで弱っているなんて」

「もちろん、昨日今日に始まった話じゃないよ。大奥様の体調は、数年前から少しずつ悪化してきていたんだ。病院で何度も検査を受け、その度《たび》に悪い箇所が見つかったんだが、今から手術をしたところで体力を消耗《しょうもう》させるだけに終わるということで、ここまで投薬で騙《だま》し騙《だま》し来ていたんだよ。お体の不調については、親族にもできるだけ伏せておくようにというのが大奥様の意向だったし、奈月ちゃんは二年近く帰省していなかったから、知らなかったのも当然だけどね」

「そうだったんですね……」

奈月はショックを受けたように、ぼんやりと前方を見つめた。

「そういう状態で、三翠宝玉の一件が起きてしまったものだから、気持ちの上でがっくり来てしまったんだろう。縁起でもない言い伝えのことはともかく、早く三翠宝玉を見つけて、大奥様に少しでも元気になっていただかないと」

高市の最後の方の台詞《せりふ》は、朝倉に聞かせていたようだ。

そして、三人が北棟への渡り廊下に差し掛かったときだった。

「きゃーっ！」

突然、女の悲鳴が聞こえてきた。北棟の方からだ。

朝倉たちははっと顔を見合わせた。

「今のは……中田さんの声か？」

高市が緊張した声で言う。

「行ってみましょう」

朝倉は北棟の方へ駆け出した。

ホールに入って辺りの気配を窺うと、脇の戸口から物音が聞こえてきた。

半開きだった戸を引いて中を覗き込むと、そこは厨房だった。

「中田さん、大丈夫ですか？」

そう呼びかけてから、朝倉は勝手口のところにうずくまる人影があることに気付く。

急いで駆け寄ると、それは背中を押さえながら苦しんでいる美代子だった。

「中田さん、どうされました？」

膝《ひざ》をついて問いかけると、美代子は表情を歪めたまま、

「……男が……知らない男が外に……」

と勝手口のドアを指差した。

朝倉は緊張しながら、そっとドアを押し開けて、隙間から外を覗いた。

そこには誰もいなかったが、しかし、男が逃げ去ったと思われる足跡が残っていた。

「怪我《けが》はないですか？」

奈月が抱き起こしながら尋ねると、

「ええ、済みません……驚いて逃げ込んだ拍子に、転んで背中を打っただけですから」

と美代子は答える。

「どんな男だった？」

高市が聞いた。

「それは……若い男だったわね。頭を金髪にして顎《あご》髭《ひげ》を生やした、だらしない感じの。そうそう、小鼻にピアスをしてたわ」

「そいつが中へ押し込んできたのか？」

「いいえ。最初、そこの窓の外に人影が見えたもので、朝倉さんか高市さんが何かしてるのかと思って、様子を見に出てみたのよ。そうしたら、知らない男がいたから、そこで何をしてるの、って声をかけたの。向こうはそれでびっくりしたみたいで、凄い形相《ぎょうそう》で振り返って私の方へ駆け寄ってきたわ。だから私も慌てて家に逃げ込んだのよ」

「ともかく、男を追ってみます」

朝倉はそう行って、厨房を飛び出した。まずは二階のゲストルームへ上がってコートを引《ひ》っ摑《つか》み、玄関まで戻ってブーツを履き、外に出る。

建物をぐるりと回り込んで、勝手口の前まで行った。そこに残っていた足跡は、男の慌てぶりを示すように周囲の雪を踏み荒らした後、北の方へ向かっていた。

足跡を追っていくと、すぐに塀にぶつかった。男はそこに置かれていたポリバケツを足がかりにして塀を乗り越えたらしい。

朝倉もすぐにポリバケツに乗って、塀の向こう側を覗き込んだ。男の足跡は、そこから更に北へと続いていた。そして、二十メートルほど先にある林の向こう側に消えている。

朝倉は慎重に塀を乗り越えて、地面に降り立った。そのまま追跡を続ける。

日頃の運動不足で、早くも息が上がってきたのを感じながら、朝倉は男の正体について考えた。不審な男の出現が、三翠宝玉を巡っての騒動と無関係だとは思えなかった。もし捕らえることができれば、一気に事件は解決に向かうかもしれない。

すでに日は沈みかけていて、辺りはかなり暗くなっていた。このままだと足跡を見分けられなくなりそうで、朝倉は明かりを用意してこなかったことを悔やんだ。

男はしばらく林の縁に沿って進んだ後、そこでやっと自分が足跡を残していることに気付いたように、ふいに木々の間に踏み込んでいた。林の中は雪が浅い上に、木の根が浮いているので、ますます足跡を見分けるのが難しくなる。

そして、林を抜けたところで、朝倉はついに足を停めた。そこはまだ黒石家の敷地内のようだったが、車が通る小道になっていて、幾つものタイヤ跡で地面がどろどろにぬかるんでいた。もちろん、もう足跡など残っていない。

道の左右を見回すと、少し進んだところに見覚えのある建物があった。あれは確か、ゲストルームの窓から外を眺めたときに目に付いた倉庫だ。

男がそこへ隠れた可能性も考え、念のため調べていくことにした。

ぬかるみでブーツを汚しながら、慎重に倉庫に向かう。近くで見ると、それはかなり老朽化した建物で、普段あまり使われていないことが分かった。屋根と壁は鉄板でできているが、白い塗装が剝《は》げて錆《さび》が浮いている。車なら三台ほど収められそうな大きさで、正面にシャッターが下りていて、横手にドアがあった。

ドアの周りの雪には足跡がついておらず、誰も出入りしていないことを示していた。ただ、他にも侵入できる場所はあるかもしれない。

忍び足でドアに近付き、ノブを握ってみる。鍵はかかっておらず、簡単に押し開けることができた。

倉庫内は真っ暗で、機械油のような臭いが漂っていた。壁を手探りすると、すぐに照明のスイッチが見つかった。

一つ二つと呼吸してから、思い切ってスイッチを入れてみる。

ぱっと明かりに照らされた倉庫内は、ほとんどががらんどうだった。壁際にスチール棚が並んでおり、機械のパーツや工具類が詰め込まれている他は、釣り船らしいボートが一艘《そう》置かれているだけだった。男が身を隠せるような場所はない。

それでも一応、ボートの陰を覗き込んでみたが、電動式の小型船外機や釣り竿《ざお》などが置かれているだけだった。

結局、男を取り逃がしてしまったようだ。朝倉はがっかりしたが、そこでふとコンクリートの床の一点で視線を止めた。

何だろうと思いながら、腰を屈めてじっと見つめる。自分の影が邪魔になってよく見えなかったので、じりじりと横に移動した。

しばらく観察をするうち、まさかこれは、と嫌な予感を覚えた。だが、ときおり瞬く蛍光灯は頼りなく、もっと強い明かりの下でなくてははっきりしなかった。

そして、朝倉が恐る恐る手を伸ばしてそれに触れようとしたときだった。

倉庫の外でがさりと音がした。朝倉はぎくりとして身構える。

耳を澄ましてみても、それ以上の音は聞こえなかった。しかし、男が倉庫の外に隠れているのではないか、いや、むしろ朝倉が出てくるのを待ち構えて襲うつもりではないのか、という不安が広がる。

考えてみれば、ここまで夢中で追跡してきたが、朝倉は腕っ節に自信があるわけでもない。一対一の状況では、自分の身を守れるかどうかも怪しかった。

急いでスチール棚を探り、武器になりそうなものを探した。電動丸ノコや薪割《まきわ》り斧《おの》などが目に付いたが、身を守るためとはいえさすがに物騒すぎる。工具箱の中に手頃な大きさのスパナが入っていたので、それを取り出した。

右手でスパナを構えつつ、ドアのところまで戻り、外の気配を探った。わずかな風の音の他は何も聞こえてこない。

そっとドアを引き開けても、男が飛びかかって来るようなことはなかった。建物の外を覗き込み、誰もいないことを確かめて、朝倉はほっと息を吐いた。先ほどの音は、木の枝から雪でも落ちた音だったのだろう。

朝倉はスパナを手にしたまま、倉庫の明かりを消して、遠くに見える北棟へ引き返すことにした。帰り道のどこかで男が襲ってくるのではないか、という不安は残り、身構えながら一歩一歩進んでいった。

どうにか無事に北棟の玄関前まで帰り着いたときには、安堵で膝の力が抜けそうになった。体が芯まで冷え切ってしまっていることにも気付く。スパナをコートのポケットにしまってから、玄関に入った。

みんなが待ってくれているのではないかと思っていたが、玄関ホールは無人だった。厨房を覗いてみても、リビングやダイニングルームへ行ってみても、誰も見つからない。

不気味に静まり返る屋敷の中で、朝倉は再び不安に襲われた。まさか、自分が不在の間にここでまた大きな事件でも起きたのだろうか。

そのとき、ふいに廊下のドアが開く音がして、朝倉はびくりとした。

「あら、朝倉さん、お帰りになられたんですね」

壁を伝うようにしてやってきたのは、美代子だった。

「奈月さんたちはどちらへ？」

「親族のみなさまが集まっての話し合いが始まるということで、母屋の方へ行かれました。奈月様は朝倉さんのお帰りを待とうとしていたんですが、百花《ももか》様が早く集まるようにと何度も急《せ》かすものですから、仕方なく……」

「百花さんというのは、一番上のお姉さんでしたね？」

「ええ、そうです」

「では、奈月さんのご姉妹はみなさん集まられているということですか」

「いいえ、三女の風子《ふうこ》様だけは、まだお見えになっていないようです。その代わり、奈月様たちからすれば、いとこ叔母《おば》に当たられる早苗《さなえ》様と、ご子息の崇《たかし》様が、話し合いに出席されているようです。朝倉さんも、戻って来次第、話し合いの席に加わっていただきたいとのことでした。場所は、大奥様のお部屋の隣座敷だそうです」

「分かりました。ところで、中田さんのお怪我の方は大丈夫なんですか？」

「ええ、お陰様で、ただの打ち身で済んだみたいです。しばらく横になっていれば大丈夫だと思います。お騒がせして済みませんでした」

美代子は背中を押さえながら言うと、

「朝倉さんの方は、逃げた男は見つかりましたか？」

「いいえ、途中で足跡が消えてしまいまして。日が暮れて、辺りも見えなくなったので、何の収穫もなく戻ってくることになりました。済みません」

「いえいえ、とんでもございません。ところで、一人で横になっている間に、ふと思い出した話があるんですが……」

「どんなことですか？」

「このお屋敷には、私の他に通いの家政婦が二人ほどいるんですが、その者たちが、通勤の途中で不審な人間を見た、と言っていたんです。先月の中頃以降でしょうか、お屋敷の敷地内で、林の中を歩いている男を二、三度見かけた、とのことでした。美術館を訪れる観光客の中で、たまに道に迷う人もいらっしゃるものですから、そのときは大して気にもせず聞き流していたんですが」

「なるほど……」

それが先ほどの男と同一人物である可能性はあった。しかし、もしその男が三翠宝玉を盗んだ犯人だとしたら、目的を果たした後で、なおも敷地内をうろつく理由が見つからなかった。男が何らかの形で事件に関与しているにしても、背後には複雑な事情が隠れているのかもしれない。

「……ありがとうございます、参考になりました。では、僕は母屋に向かいますので、中田さんは安静にしていてください」

そう声をかけて、朝倉は母屋へ向かうことにした。

3

先ほど通った廊下を進み、トワの部屋のすぐ近くまで来たところで、隣の座敷からヒステリックな女の声が聞こえてきた。

「冗談じゃないわよ！　どうして私の相続分がこの子たちと同じ額になるの？　私が果たしている役割のことを考えれば、そんな馬鹿な話ってないじゃない！」

「百花ちゃん、まあ落ち着いて……」

なだめようとする声は、高市のものだ。

「落ち着けですって？　こんな遺言書を読み上げておいて、よくそんなことを言えるわね。高市さんも、作ってる途中でおかしいと思わなかったの？　黒石グループを支えるために朝から晩まで働いている私と、のほほんと遊び暮らしている妹たちが、全く同じ割合で遺産を受け取るなんて」

「いや、だからその点については、株式の分配にちゃんと反映されていると思うがね。遺産の額は同じでも、黒石グループ内での発言力という面では、大きな差があるはずだ」

「そんなのは当たり前じゃない。この子たちが株を持ってたって、その辺の銀行屋の口車に乗って踊らされるのがオチだもの。大体《だいたい》、資産だって一点に集中してるからこそ運用で増えていくのよ。それを細かく分割したら、目減りしていく一方じゃないの」

「ねえ、さっきから百花ちゃんの言い分を聞いてると、まるで遺産を全部自分によこせ、って主張してるみたいなんだけど」

別の女の声が、皮肉混じりに言った。

「そんなこと言ってないわ。黒石家の将来のためにも、能力に見合っただけの配分をするべきだと言ってるだけよ」

「へーえ、能力ね」

「何か言いたいことでもあるの？」

「いえね、私だって本社の役員たちと顔を合わせることもあるんだけど、最近よく愚痴を聞かされるのよね。ろくな経験もない経営の素人《しろうと》が取締役会に乗り込んできたせいで、毎回引っかき回されて迷惑してる、って」

「何ですって？　誰が、誰がそんなこと言ってるのよ」

「誰だっていいじゃない。もしかしたら、みんながそう思ってるのかもしれないし。トワ叔母様だって、案外ちゃんとみんなの資質を見極めた上で、適切に配分したつもりなのかもしれないわよ」

そのトワの呼び方からすると、声の主は早苗なのだろう。

「何ですって！　あんたこそ、何の役にも立たないくせに、大きな顔しないでよ。大体、法定相続人でもないあんたが遺産を受け取るのだっておかしいのよ。絶対に私は認めないからね」

「認めないなら、どうするの？」

「高市さん、この際、妹たちとの相続割合については置いておいて、遺言書からこの女の名前を消すように、お祖母様を説得してちょうだい。そうしてくれるなら、私だって他のことは譲歩するから」

「ちょっと、ふざけないでよ」

早苗も大声を上げ、二人が揉《も》み合《あ》いを始めたような物音がした。二人とも止《よ》しなさい、と高市が慌てて止めに入るのが聞こえる。

どうやら醜い遺産争いの現場に立ち会ってしまったようだ。できれば関わり合いになりたくなかったが、ここから逃げ帰るわけにもいかない。

争う声が少し収まったところで、朝倉は一番端の襖を開けて、そっと中を覗き込んだ。

そこは二十畳はありそうな広い座敷だった。集まった人々は、今の騒動のせいでほとんどが腰を上げていたが、千鳥だけが気怠《けだる》げに座ったままだった。

「さあ、ともかく座って」

高市が百花と思われる女の肩に手を置き、座布団へ座らせた。

百花は黒いスーツを着て、事務的な眼鏡をかけていた。黒い髪はショートカットで、あまり化粧っけもない。顔立ちは奈月や千鳥に似ているが、今の言い争いのせいか、それとも元々の性格が表れているのか、かなりきつめの印象を受けた。

その百花と向かい合っていたのは、五十代くらいの女だった。女の後ろには、大柄な若い男がのっそりと立っている。これが早苗と崇だろう。早苗がまだ鼻息の荒い様子を見せながらも腰を下ろすと、崇もそれに従うように座った。

おろおろした様子で立っていた奈月も、どうにか争いが収まりほっとした様子で、自分の席へと戻った。

座敷の奥の襖は開け放たれていて、トワの居室と繋がっていた。ベッドを起こして座ったトワは無表情に一族の者たちを眺めているだけで、今の騒動をどう思っているのか、読み取ることは出来なかった。

朝倉が恐る恐る座敷へ入っていくと、気配に気付いた高市が視線を向けてきた。

「ああ、朝倉さん、戻ってこられたんですね……ちょうど良かった、みなさんにご紹介しますよ」

高市は話を変えるいいきっかけを見つけたように、声をかけてきた。

朝倉が奥へ進むと、奈月が隣の座布団を勧めてくれたので、周りに一礼して座る。

「誰、その人」

百花が不機嫌そうに言った。

「こちらは朝倉さんと言って、無くなった三翠宝玉を探すために、大奥様が雇われた方だよ」

「へえ、そうなの。どういう素性の人なの？　信頼できるのかしらね」

百花はじろじろと値踏みするような視線を朝倉に向ける。

「奈月ちゃんの学生時代の先輩が紹介してくれた人で、本業は作家だけど、警察も解決できなかった事件の犯人を突き止めた実績があるそうだよ」

「本当？　何だか胡散臭《うさんくさ》い話に聞こえるけど」

「百花姉さん、あまり失礼なことは言わないで」

奈月はたまりかねたように言って、

「朝倉さんは信頼できる方だし、お祖母様だってそう判断したからこそ、雇うことに決めたんだから」

「ふうん……まあいいわ」

詮索《せんさく》にも飽きたように百花は言った。

「さて、朝倉さんもいらっしゃったことだから、これからもう一つ、遺産相続に関連した大事な決定を伝えさせてもらおう。……よろしいですね、大奥様」

高市が確認すると、トワは小さく頷いた。

「では……無くなった三翠宝玉の扱いについてだ

が、取り戻すことができた場合、これを遺産として相続させることはせず、大奥様が亡くなった際に砕いて棺《ひつぎ》へ入れることとする。このことも遺言書に記載してあるから、法的な効力を持つ決定になる」

思いがけない発表に、座敷内はざわめいた。

朝倉も、話の意外さに少し戸惑っていた。

「ちょっと、トワ叔母様、本気で仰ってるの?」

早苗が慌てふためいて腰を浮かせて、

「三翠宝玉は、代々受け継がれてきた黒石家繁栄の象徴でしょう? 叔母様がどういうおつもりか知らないけど、私たちの代で勝手に処分するなんて、ご先祖様に申し訳が立たないんじゃないかしら」

と言った。

そこでトワは初めて顔を動かして、早苗を見た。

「幾ら繁栄の象徴だろうと、その引き替えに一族のもとに災禍をもたらすというのでは、とても祀り続けるわけにはいかない。祖先に対して申し訳が立たないというのなら、私があの世に行ってから詫びよう」

「でも、三翠宝玉は文化財としても重要なものだし、もし値を付けるとしたら億の価値はあるんでしょう? 確かに言い伝えは気になりますけど、だからって砕いてしまうなんていうのは……」

「不満か?」

じろりとトワは早苗を睨《にら》んだ。その目には、寝たきりの老婆のものとは思えない、恐ろしい迫力があった。これが本来のトワの姿なのかもしれない。

「いえ、不満なんて……」

早苗は視線を逸《そ》らし、口籠《くちご》もりながら答える。

「他にも異論がある者がいれば、いま申し出るがいい」

そう言って、トワは座敷の一同を見回した。

皆、本意はどうであれ、伏し目がちに黙り込んでいるだけだった。

「……では、話は決まりだな。高市、後は任せる」

そう言うと、途端にトワはぐったりした様子になり、頭を倒した。すぐに介護人が側《そば》へ寄り、脈を取り始める。

高市は一礼して、座敷との境の襖を閉めた。

しばらく襖越しにトワが咳《せ》き込《こ》む音が聞こえて、皆じっと気配を窺っていた。やがて隣室が静かになると、それぞれほっと吐息を洩らした。そして、誰からともなく席を立ち、一同はぞろぞろと座敷を後にした。全員が北棟に向かうようだ。

朝倉は座敷を出た後、最後に高市が出てくるのを待った。

「やあ、朝倉さん。……先ほどは、お見苦しいところをお見せしていなければいいんですが」

高市はちらりと百花たちの方を見やりながら、気恥ずかしげに言った。

「いいえ、僕は何も……。それよりも、逃げた男のことですが、残念ながら捕まえることはできませんでした。申し訳ありません」

「そうですか。まあ、残念ですが仕方ありませんよ。これだけ広い土地で、とっくに逃げ去った男を発見して捕らえるなんて、警察犬でもいなければ無理な話ですからね。しかし、あの男はやはり何か事件と関わりがあるんでしょうか」

「その可能性は高いと思います。ただ、あの男が三翠宝玉を盗んだ犯人である、といったような単純な話でもないかもしれませんが」

そこで朝倉は、先ほど倉庫で見たものを高市に伝えるべきかどうか迷った。

コンクリートの床の上に発見したのは、直径七、八センチほどの大きさの黒い染みだった。そして、それは付着してかなり時間が経った血痕《けっこん》に見えたのだ。あの大きさからして、軽い傷で流れ出るような血の量ではない。

ただ、あれが確実に血痕だったと言い切れる自信もなかった。頼りない蛍光灯の明かりの下で見ただけだし、場所柄からして、オイルや塗料が垂れていても何も不思議はないのだ。

そもそも、三翠宝玉の盗難と関係があるとも思えなかったので、今の段階で無闇《むやみ》な騒ぎを起こすのは避けることにした。その代わりに、別の重要な質問をする。

「ところで、僕の方からもちょっとお尋ねしたいことがあるんです。先ほどのお話、三翠宝玉を砕いてしまうという件ですが、それは盗まれた後に決めたことですか？　それとも、前々からトワさんはその意向をお持ちだったんでしょうか」

「それは……遺言書に記したのは三翠宝玉が無くなった後ですが、それ以前に、私に処分についての相談をされたことはありました」

「それ以前というと、具体的にはいつ頃でしょう」

「去年の暮れ頃です」

「なるほど……」

「それがどうかしたのですか？」

高市は訝しげに尋ねてくる。

「たとえば、犯人が今回の事件を起こした動機が、そこにあったと考えることもできます。今日の発表より先に、犯人は何らかの形でトワさんが三翠宝玉を処分するつもりだということを知り、そうなる前に持ち去ってしまえと思ったのかもしれません。黒石家代々の家宝で、しかも文化財として大きな価値があるものを、呪いがどうのという伝承を真に受けて処分してしまうなんてあまりに馬鹿げている、と思う人間がいたとしても不思議ではありませんからね」

「確かに、それはあり得る話かもしれません」

「僕も事前に知っていれば、処分が発表されたときに不自然な反応を見せた者がいないか観察できたんですが……ちなみに、高市さんは処分の件を誰かに話したことは？」

「私ですか？　いえ、今回発表するまでは、決して他言はしておりません」

「では、また後ほど、トワさんの体調が回復するのを待ってから、他にこの話を洩らした相手がいないか確認させてもらいましょう。そこから糸をたぐっていけば、案外簡単に犯人に行き着くかもしれません」

「ははあ、なるほど。さすが、良い考えだと思います」

　高市は感服したように言う。少しは朝倉を見る目も変わってきたようだ。

　それから、二人も北棟へと移動した。

　リビングルームに入ると、奈月が一人で座っていた。

「あ、どうもお疲れ様でした」

　奈月は立ち上がって二人を迎える。

　朝倉はソファに座ると、まず、先ほど高市と話した内容を、奈月にも伝えておくことにした。

　話を聞き終えた奈月は、じっと思案する様子を見せてから、

「……そうですね、暮れや正月には親族の老人たちも多く集まったでしょうし、お祖母様がその誰かに処分についての相談を持ちかけ、それを姉たちが耳にしたという可能性もあると思います」

「明日にでも、トワさんが元気になっているようなら、その辺りのことを聞かせてもらおう」

「はい、そうしましょう」

「ところで朝倉さん、申し訳ないんですが、私は明日から黒石グループの本社がある札幌の方で、幾つか片付けなければならない仕事があるんです。明々後日《しあさって》にはこちらへ戻ってこれるはずですが、それまで調査の方はお任せしてよろしいでしょう

か？」

　高市が済まなそうに言った。

「ええ、構いませんよ」

「何か分からないことがあったり、問題が生じたときは、遠慮せずいつでも連絡してください」

　そのとき、玄関ホールの方から百花の苛立った声が聞こえてきた。

「ねえ、中田さん、どこにいるのよ」

　どうやら美代子が背中を痛めて休んでいることをまだ聞いていないようだ。

　高市が席を立ってホールに向かい、朝倉たちもその後に続いた。

「あら、高市さん。中田さんを見なかった？　タクシーを呼んで欲しいのに」

　百花はすでにコートを着込み、大きなバッグを肩に提げていた。

「中田さんは、さっき話した不審者騒動で背中を痛めて、部屋に下がって休んでいるんだよ。タクシーでどこまで行くつもりなんだい？」

「鵡川駅まで。明日の午前十時から標津《しべつ》町でミーティングがあるのよ。ほら、例の開発プロジェクトの。役場の方から課長クラスも出席するし、開始を遅らせるわけにはいかないから、今夜のうちに新千歳のホテルに泊まって、朝一の飛行機に乗って中標津まで行くつもりなの。全く、お祖母様の気まぐれな呼び出しのせいで、予定が狂っちゃった」

「そういうことなら、私の車で空港の近くまで送ろうか？　私も今夜、札幌へ向かうつもりだから、そのついでにね」

「本当？　ありがとう、助かる」

　百花は嬉《うれ》しそうに言った。その表情は父親に甘える娘のようで、先ほど遺言書の内容について激しくなじっていたときとはまるで別人だった。結局、家族同然に信頼しているからこそ、何でも言いたい放題に言えるということなのかもしれない。

「それじゃあ、私も支度をしてくるから、しばらく待っていてくれ」

高市はそう言い残して二階へ上がっていった。高市の自宅は別にあるが、屋敷に滞在することも多いため、専用の部屋が一つ用意されているそうだ。

ホールに三人だけになると、百花は退屈そうに自分のネイルをチェックしていたが、しばらくして、ちらりと横目で朝倉を見た。

「探偵さん、三翠宝玉は見つかりそうかしら？」

「まだ調査に着手したばかりですから、何とも言えません。ただ、空き巣がふらりと忍び込んで盗み出せるような状況ではなかったようですし、容疑者をある程度絞り込むのは難しくないでしょう」

「ふうん、身内に犯人がいると思ってるの？」

「現段階では、あらゆる可能性を否定しないつもりです。ところで、百花さんにも調査に協力してもらうことになるかもしれませんが、いつ頃こちらに戻る予定ですか？」

「さあ、どうかしらね。私も色々と忙しくて、場合によっては一週間先なんてことになるかも。それまで待っててもらえる？」

百花は明らかに調査に対して非協力的な様子だった。何か後ろめたいことがあるせいか、それとも、自分まで疑われているのが不愉快なだけなのか。

「必要とあればいつまでも待ちますし、僕の方で百花さんの出張先まで出向いても構いませんよ」

「あなた、よっぽど暇なのねえ。本業は作家だなんて言ってたけど、本当はよくある『自称・作家』だったりして」

「もう、姉さん、いい加減にして」

奈月が頬《ほお》を紅潮させながら百花を睨んだ。

「いや、いいんだよ。暇な身分だっていうのは本当だから」

朝倉は苦笑して言った。

ちょうどそこで、身支度を終えた高市が二階から下りてきた。

「待たせたね。さあ、行こうか」

「ええ。それじゃあ朝倉さん、またお会いできるかどうか分かりませんけど、私はこれで失礼します」

百花は皮肉な笑みを浮かべて挨拶した。

朝倉たちは見送りをするため、百花たちが靴を履くのを待っていたが、そこで奈月がふと思い出したように、

「そういえば、風子姉さんはどうしたのかな？　結局、最後まで顔を見せなかったけど」

「ああ、あの子とは連絡が取れなかったから、そもそも今日の集まりのことは伝わってないのよ」

「風子さんはどちらにお住まいなんですか？」

朝倉は尋ねた。

「どちらって、一応、あの子もここに住んでることになってるけど」

「では、連絡が取れないというのは、いつからなんですか？」

「さあ、最後に顔を合わせたのは先月の中頃で、その後、あの子が出かけていったきり、一度も連絡が取れてないわね。高市さんはどう？」

「私が風子ちゃんと会ったのは、正月が最後だったかな」

「ちょっと待ってください、それじゃあもう一ヵ月も音信不通の状態が続いていることになるじゃないですか。風子さんのことが心配じゃないんですか？」

それを聞き、百花と高市は顔を見合わせて苦笑した。奈月も少し気まずそうな表情で目を伏せている。

「いや、彼女のことを知らない朝倉さんが心配されるのも無理はないと思いますよ。しかし、風子ちゃ

んが家を飛び出していったきり、まるで連絡が付かないというのは、これが初めてではないんですよ。というより、いつものことと言えばいいのか」

高市がそう説明すると、百花が続けて、

「あの子は昔から問題児でね、黒石家の悩みの種なの。あのお祖母様でさえ匙《さじ》を投げたくらいだもの。どこをどう遊び歩いてるのか知らないけど、警察沙汰《ざた》になることは滅多《めった》にないし、お金が尽きれば帰ってくるから、もう放っておくことにしてるのよ」

とうんざりしたように言った。

「なるほど、そういう人だったんですね」

その話から判断すれば、風子は三翠宝玉を盗んだ犯人として一番疑わしい気はする。だがもちろん、単なる印象だけで決めつけるほど愚かなことはない。

「では、失礼します」

高市は改めて挨拶して玄関を出て行った。百花も頷くように軽く一礼してその後に続く。

ドアが閉まると、朝倉は思わず大きな溜め息を吐いた。

まだ初日だというのに、あまりにも多くの出来事があり、多くの人々と出会ったせいで、神経がすり減るような疲れを覚えた。頭の中がぼんやりしてくる。

「朝倉さん、本当にお疲れ様でした。そろそろ夕食でもいかがですか？　中田さんを起こしてくるのは気の毒なので、私が簡単な料理をするだけになってしまいますけど」

「いや、それで充分だよ。奈月さんだって疲れているところを申し訳ないけど、お願いしようかな」

「分かりました。では、さっそく用意しますね」

奈月はにっこり笑って言った。

第三章

1

　翌朝、朝倉が目を覚ましたときには、もう午前十時に近かった。

　いつもの起床時間よりは早いくらいだが、人の家に泊まっている身としては、寝坊しすぎだろう。急いで身支度を整えて部屋を出た。

　リビングルームを覗いたが誰もいなかったので、厨房に行ってみた。

「あら、朝倉さん。おはようございます」

　厨房では美代子が洗い物をしていた。もう背中の痛みも治まっているようだ。

　美代子はすぐに朝食を用意してくれた。わざわざ運んでもらうのは申し訳ないので、厨房に置かれた小さなテーブルで食べていくことにする。

「先ほどまで奈月様もこちらにおいでで、朝倉さんを待っておられたんですが、なかなか起きてこられないので、一度離れの方へお戻りになりましたよ」

　テーブルに料理を並べながら美代子が言った。

「そうですか、それは失礼しました」

「奈月様は部屋に籠もってお仕事をされるそうなので、用があるときはいつでも携帯で呼び出して欲しいと仰っていました」

　奈月が職場で休みをもらう代わりに仕事を持ち帰っているという話は、昨夜のうちに聞いていた。今の勤め先の社長は、リモートワークという形式に理解があるらしく、期限までにちゃんと仕上がるならどこで作業をしても構わないという方針らしい。ただ、普段はチーム内で綿密に打ち合わせながらプロジェクトを進めることが多いので、実際に自宅作業をするのはまれだそうだが。

「中田さんは、こちらで働くようになって長いんですか?」

食事を進めながら、朝倉はさり気なく聞いてみた。美代子はなかなかお喋り好きのようだし、黒石家の内情を第三者の目で語ってもらうには最適な人物かもしれない。

「ええ、もう十年は超えています」

「では、奈月さんたち姉妹のことも昔からよくご存知なんですね」

「そうですね。奈月様でしたら、初めてお会いしたときはまだ中学校へ上がったばかりじゃなかったかしら」

「僕はまだお会いしていないんですが、風子さんという人は、どんな方ですか?」

その質問に、美代子は答えに困ったような笑みを浮かべる。

「うーん、自由気ままというか、なかなか手のかかるお嬢さんですよ。決して根は悪い人じゃないんですがねえ」

「姉妹仲はどうなんでしょう。風子さんだけ孤立している、なんてことは?」

「いえ、そんなことはないと思います。百花様にしろ千鳥様にしろ、口では厳しいことを仰いますけど、やはり妹のことは可愛《かわい》いんでしょうね。お二人ともよく面倒を見ておられましたよ。あれはまだ風子様が高校生だった頃でしたか、警察に補導されたことがありましてね。そのときは、お二人が懸命に掛け合って、大奥様の耳に入らないような形で始末をつけられたんです」

「へえ、そんなことが」

「ええ。ですから、むしろよその姉妹よりも仲がよろしいくらいではないかと」

「それじゃあ……奈月さんはどうでしょうか。年の離れた末の妹なんですから、本当なら一番可愛がられていそうなものなのに、百花さんや千鳥さんの態度からすると、あまりそんな感じでもないような気がしたんですが。姉妹の間でもちょっと距離があるというか」

「あ、それは……」

美代子の反応は、朝倉の受けた印象が正しかったことを物語っていた。

「不仲の原因をご存知ですか?」

「いいえ、決して不仲というほどではないと思いますよ。……ただ、百花様たちは亡くなったお父様にとても可愛がられていたらしく、それでお三方とも性格がお父様似なんだそうです。一方で奈月様の場合は、まだ幼いうちにお父様が亡くなられたので、どちらかといえばお母様似なんだとか。ですから、姉妹間でもちょっと肌合いが違うところがあって、そのせいで一見すると不仲に見えるようなときもあるのかもしれません」

そういう関係性であるなら、姉たちのうちの誰かが三翠宝玉の盗難について何か知っていたとしても、奈月には教えないという状況も考えられそうだ。

「亡くなった父親は十吾さん、母親は花澄さん、でしたね」

朝倉は奈月から聞いた話を思い出しながら言った。

「はい、そうです。私がこちらで勤めるようになったのは、十吾様が亡くなられた後なので、実際にお目にかかったことはないんですが」

そのとき、ふいに勝手口がノックされた。

昨日の不審者を思い出したのか、美代子はぎょっとした様子で振り返り、曇りガラスに映った人影を見つめる。

「……おーい、中田さん、いるんだろ?」

のんびりした声が聞こえてきて、それで美代子はほっとした顔になった。

「はいはい、いま開けますよ」

美代子は濡れ手をタオルで拭き、急いで勝手口の鍵を開けた。

ドアが開いて顔を覗かせたのは、四十代半ばくらいに見える男だった。痩《や》せていて、年の割りには白いものが多い髪を七三に分けており、地味なスーツを着ている。いかにも実直な事務員、あるいは穏やかな教師という印象だった。

「悪いんだけど、電球が一つ余《あま》ってないかな。このサイズで」

男はスーツのポケットから電球を取り出した。

「あら、備品切れちゃったの?」

「そうなんだ。あいにく、いつもお使いを頼んでいる職員の子が、今日は風邪で休みでね」

「分かったわ、納戸を見てくるから、上がって待っててちょうだい」

「うん、よろしく頼むよ」

男は長靴を脱いで厨房へ上がった。

「朝倉さん、この人は黒石美術館で副館長をしている、小野田茂《おのだしげる》さんです。小野田さん、こちらは昨日からお屋敷に泊まられている朝倉さんよ」

美代子はさっと二人の紹介を済ませてから、受け取った電球を手にいそいそと部屋を出て行った。

朝倉が空いていた椅子を勧めると、小野田は丁寧に礼を言って腰を下ろした。

「ところで、朝倉さんはどなたのご友人ですか?」

「友人といいますか、一応、トワさんに雇われたという形で、こちらに滞在しているんです」

「あ、それでは、もしかして三翠宝玉を探すために雇われたというのが……先ほど、早苗様から伺いましたよ」

「早苗さんから?」

「ええ、ご存知かもしれませんが、早苗様は美術館の館長をされていまして、今朝は事務室の方に顔を出されたので、そのときに」

「ああ、そうなんですね」

あの早苗が館長をしているとは意外だった。

「三翠宝玉は美術品としても大変価値の高いものです。もし犯人が闇ルートで海外へ売りさばくなどということになれば、もう取り返しがつきません。どうぞ、その前に取り戻してくださるよう、私からもお願いします」

「何とかご期待に応《こた》えられるよう、頑張ります。ところで、もしかして美術館の方に三翠宝玉に関連した資料などは置いていませんか? 実は、三翠宝玉について話には聞いていても、実物を目にしたことはないので、写真でもあれば助かるんですが……」

「そうですね、美術館には非常に貴重なヒスイの装飾品を展示してありますし、関連した資料も所蔵してあります。もしよければ、三翠宝玉に関連した部分をコピーしてお持ちいたしましょう。写真については、どこかに仕舞ってあるのを見たような記憶もありますので、探してみます」

「ありがとうございます。よろしくお願いします」

そのとき、美代子が新品の電球を持って戻ってきた。

「はい、あったわよ」

「ありがとう、助かったよ」

「コーヒーでも飲んでいかない?」

「ありがたいけど、この後、苫小牧まで出る用事があって、ゆっくりしてられないんだ」

「あら、そうなの。駅まではどうやって行くつもり? 私、十一時から買い出しに行くんだけど、よかったら乗せてあげましょうか?」

「それは助かる。じゃあ、準備をして来るよ」

小野田はそう言うと、朝倉に挨拶してから、いそいそと帰っていった。

「小野田さんとは親しいようですね」

朝倉が尋ねると、

「あの人、もう十五年も美術館に勤めていて、私より古株ですからね。本当なら、美術館の職員とお屋敷の家政婦が顔を合わせる機会なんてそうそうないんでしょうけど、あの人、車に乗れないものだから、今みたいにちょくちょくこちらへやってきては、簡単な用を済ませていくんです。それでこっちがうんざりしないところが、小野田さんの人柄なんでしょうけど」

と美代子は笑って答えた。

どちらかといえば美代子のおおらかな人柄がよく分かる話に聞こえたが、ともかく小野田なら今後も色々と調査に協力してくれそうだ。

残っていた食事を片付けた朝倉は、礼を言って厨房を後にした。

そして、まずは自室へ戻ろうと、朝倉が玄関ホールの階段に向かったときだった。

「きゃあ!」

という悲鳴がどこからか聞こえてきた。

朝倉ははっとして身構えると、耳を澄まして悲鳴が聞こえてきた方向を探った。

「……朝倉さん、今のは?」

厨房にいた美代子の耳にも届いたのか、恐々と顔を覗かせる。

しっ、と人差し指を唇に当てて、朝倉はなおも耳に神経を集中させた。

しばらくして、ドアが開く音が聞こえてくる。二階だ。

朝倉は階段を駆け上がって、廊下を奥に進んだ。

「あ、千鳥さん」

角を曲がったところでばったりと千鳥と出くわした。

千鳥は今起きたばかりなのか、パジャマ姿で髪もひどく乱れていた。顔色は蒼白《そうはく》で、今にも倒れそうによろめいている。

「大丈夫ですか？　何があったんです？」

「あれ、あれが……」

千鳥は後ろを指差した。

見ると、半開きのドアの前に白い紙が落ちていた。朝倉は急いで近寄り紙を拾い上げた。

その紙には不気味な赤い文字で『マガタマヲカエセ』と書かれていた。

「これは……」

奈月の元に届いた脅迫状とそっくりだった。送り主は間違いなく同一人物だろう。

廊下のドア脇に小さなテーブルが置かれていて、そこに開けられた封筒が載っていた。やはり奈月に送られてきたのと同じ事務用封筒だ。手に取ってみると、宛先は黒石千鳥となっているが、差出人の名は書かれていなかった。ただ一つ違っているのは、こちらの封筒の切手には消印が押されていなかったことだ。

「誰よ、誰がこんなものを送りつけてきたのよ」

千鳥は苛立《いらだ》ちと不安をあらわにして言う。その吐息からひどいアルコールの匂いが漂ってくる。顔色が悪いのは二日酔いのせいもあるのかもしれない。

「なぜこんなものを送りつけられたのか、心当たりは？」

「さあ、知らないわよ。どこかの頭のおかしい奴が、嫌がらせで送ってきたんじゃない」

「勾玉を返せ、というメッセージは、何を意味しているんでしょう」

「私に分かるわけないでしょう！」

千鳥は強い口調で言ったが、朝倉にじっと見つめられると、動揺を隠すように顔を背ける。

「……ちなみに、この手紙はどこにあったんですか?」

「え? そこのテーブルの上よ。郵便物があれば、中田さんが部屋の前まで持ってきてくれるの」

そう答える間にも、千鳥の顔色はますます悪くなっていた。

そして、ついに耐えきれなくなったように千鳥は口元を抑え、どいて、と朝倉を押し退《の》けて廊下の奥のトイレに飛び込んでいった。すぐに嘔吐《おうと》する音が聞こえてくる。

これ以上、千鳥を問い詰めるのは無理だと判断して、朝倉は一階へ下りた。そして、不安そうに玄関ホールで待っていた美代子に、千鳥を介抱するよう頼む。

美代子はすぐに薬や飲み物を用意して二階へ上がろうとしたが、朝倉は途中で呼び止め、

「この封筒は、中田さんが千鳥さんの部屋の前まで届けたんですか?」

と封筒を見せた。

「ええ、そうです。今朝、郵便受けに入っていましたから」

「分かりました、ありがとうございます」

美代子が封筒に見覚えがないと答えれば、犯人が直接千鳥の部屋の前まで脅迫状を持っていったという可能性もあったのだが、それは考え過ぎだったようだ。しかし、少なくとも犯人がこの屋敷の郵便受けまでやってきて、直接入れていったのは間違いない。

朝倉が階段の上がり口に腰かけて待っていると、十五分ほど過ぎたところで、玄関から小野田が入ってきた。型崩れしたコートを着て、かなり大型のアルミトランクを引いていた。

「朝倉さん、どうも。中田さんは厨房ですか?」

「あ、いえ、中田さんでしたら、二階で千鳥さんの介抱をしています。二日酔いで気分が悪いようでして」

「ああ、そうでしたか」

小野田は心配そうにちらりと時計を見た。どうするか迷ったようだが、結局、玄関で美代子を待つことにしたようだ。

「随分《ずいぶん》と大荷物ですね」

「ああ、これですか。これは絵画の運搬ケースでして、これから貸し出す作品を何点か収めているんです」

そう言って小野田はぽんぽんとアルミトランクを叩《たた》いた。

朝倉も立ち上がって待つうちに、五分ほど経って美代子が下りてきた。そして、思いがけず、その後ろには服を着替えた千鳥の姿もあった。コートを着てキャリーバッグを手にしており、どこかに出かけるつもりのようだ。

「千鳥さん、どちらへ?」

朝倉が問いかけると、千鳥はちらりと一瞥《いちべつ》して、

「自分の家に帰るの。横浜のマンションにね」

「それはまた急な話ですね。もしかして、先ほどの手紙のせいですか?」

「あなたには関係ないでしょう」

千鳥はぴしゃりとはねつけるように言った。千鳥の顔色はかなりよくなっていたが、ほのかに漂うアルコール臭からすると、迎え酒のお陰かもしれない。

「小野田さん、千鳥様と一緒にお送りして構いませんか?」

美代子が尋ねた。

「ええ、もちろん私は構いませんが」

「では、行きましょう。朝倉さん、済みませんが私はしばらく留守にしますので」

美代子は一度厨房に入り、ダウンジャケットと車のキーを手に戻ってきた。

慌ただしく三人が出て行ってしまうと、建物の中はしんと静まり返った。とりあえず朝倉はリビングルームに移動してソファに座った。

それにしても、あの脅迫状は千鳥によほど強いショックを与えたようだ。千鳥は何も語らず出て行ったが、手紙に怯えて屋敷から逃げ出したのは間違いない。ということは、千鳥は何らかの形で三翠宝玉の盗難に関わっていると見ていいだろう。

調査は一歩前進したようだが、一方で、何者があの脅迫状を送りつけたのか、その目的は何なのか、という疑問は深まった。

このことをトワに報告すべきかどうか少し迷ってから、ともかく奈月の意見を聞いてみることにした。

2

部屋に上がってコートを着込んだ朝倉は、北棟を出て奈月の離れに向かった。

裏門を潜り、奈月が行き来した足跡に沿って林の中を進んでいくうち、ロッジ風の小屋が見えてきた。

木製のテラスに上がって入り口のドアをノックしたが、しばらく待っても何の返事もなかった。もう一度、今度は強めにノックしても、やはり反応がない。

ドアの取っ手を摑んでみると、鍵はかかっていなかった。

「奈月さん、朝倉だけど、失礼するよ」

ドアを開けて中を覗くと、そこはまさにアトリエそのものだった。壁際にイーゼルが置かれ、キャンバスがあちこちに重ねられている。戸棚には筆や絵の具といった画材が並んでいた。しかし、どれも今では使われている形跡はなく、全体的に埃《ほこり》をかぶっている感じだった。

奥にはもう一部屋あって、そちらを覗くと寝室になっていた。ベッドの横のテーブルにはノートパソコンやペンタブレットなどが載っていて、ついさっきまで作業をしていたような気配があったが、奈月の姿は無かった。念のため確認したトイレも無人だった。

一体奈月はどこへ行ってしまったのだろう。もし外出するなら、朝倉に一言断っていくはずだ。先ほどの手紙のこともあり、少し不安になってきた朝倉は、携帯を取り出して奈月に電話してみた。

だが、すぐに寝室で着信音が鳴り始めた。奈月の携帯はベッドの枕元に残されていたのだ。

朝倉はますます不安を募らせた。室内に争った形跡などがないことを確かめてから、小屋の入り口のドアを調べてみる。こちらも無理にこじ開けられたような跡はなかった。何者かが離れに侵入して奈月を連れ去ったということはなさそうだ。

しかし、たとえば奈月が北棟に向かう途中で、林に潜んでいた不審者に遭遇してしまったという可能性は考えられる。

もっと警戒しておくべきだった、と朝倉は後悔した。

ともかく、奈月の行方を探さなければならないが、土地に不案内な朝倉だけではどうにもならない。少し考えてから、美術館にいるはずの早苗に捜索の手伝いを頼んでみることにした。もしかしたら息子の崇の協力も得られるかもしれない。

朝倉は離れを飛び出ると、周囲を見回して美術館がある方向を確認し、小道を駆けた。

泥を跳ね上げ、息を切らせながら走るうちに、突

然、

「朝倉さん！」

と呼びかけられた。

慌てて立ち止まって振り返ると、並んだ木立の向こう側に、大きく手を振っている奈月の姿があった。それを見て、朝倉は心から安堵した。少し息を整えてから、木立の中を通って奈月の元に向かう。

「何かあったんですか？」

奈月が不安そうに言った。

「それが、さっき離れを覗いたら誰もいなかったんで、奈月さんの身に何かあったんじゃないかと心配して、探しに行こうとしてたんだよ。まずは美術館へ行って、早苗さんに協力を頼もうと思ってね」

「あ、そうだったんですね……済みません、ご心配をおかけしまして」

「いや、僕が勝手に早とちりして騒いでいただけだから。それより、奈月さんはどこへ行ってたの？」

「実は私も美術館へ行っていたんです。ちょっと仕事が行き詰まってしまったんで、気分転換をしようと思いまして」

「へえ、そうだったのか……まあ、ともかく離れに戻ろうよ」

朝倉は奈月と共に歩き始めた。

先ほど朝倉が駆けてきた道は、かなり遠回りになっていたらしく、奈月が近道を教えてくれる。正しく進めば美術館まで十分とかからないのだそうだ。

「美術館へはよく行くのかい？」

「はい、昔から、暇があったら通ってました。その経験があったからこそ、私もグラフィック系の仕事に興味を持つようになったんだと思います。身内を褒めるようでちょっと言いにくいんですけど、こんな場所に建っている私設美術館の割りには、素晴らしい収蔵品が揃《そろ》っているんです。それに、企画展の内容も充実していて、見に行くたびに刺激を受けます」

「意外と言っては失礼だけど、早苗さんは館長としてなかなかやり手なんだね」

「あ、いえ……その、早苗さんが館長を務めているのは、言ってみれば名誉職みたいなもので、実質的に運営を任されているのは、副館長の小野田さんなんです」

「へえ、小野田さんが？」

それもまた朝倉には意外な話だった。あの風采《ふうさい》の上がらない、真面目《まじめ》だけが取り柄に見える小野田が、実はそれほど美術に造詣《ぞうけい》が深かったとは。

「僕は美術方面はさっぱりだけど、ちょっと興味が湧いてきたよ。また時間があるときに美術館を覗いてみようかな」

「ええ、ぜひそうしてください」

奈月は嬉しそうに言った。

離れに着いて部屋に上がると、奈月は寝室のミニキッチンでコーヒーを入れてくれた。

「ところで、いつも入り口に鍵をかけていないのかい？」

朝倉はコーヒーを啜りながら尋ねた。

「え？　あ、はい、何しろこういう田舎ですから、昔からあまり鍵をかける習慣がないもので……」

「これからは、できるだけ鍵をかけるようにしてくれるかな。部屋にいるときも、外へ出るときも。何しろ、怪しげな男が敷地内に出没しているんだからね」

「はい、そうします」

「一番安心できるのは、ここを引き払って、北棟で一緒に寝泊まりしてくれることなんだけど」

「それは……済みません、やっぱり仕事をするにはここが一番集中できるものですから。その代わり、戸締まりには注意を払いますし、夜に外へ出るときは朝倉さんに連絡してからにします」

「分かった」

現時点では、奈月の身に危険が迫っていることを示す根拠もないから、無理に説得もできなかった。

それから、朝倉は改めて先ほどの脅迫状の一件を話して聞かせた。

「そうですか、千鳥姉さんのもとにも脅迫状が……それを見て急いで逃げ出したということは、やはり千鳥姉さんには何か心当たりがあるんでしょうか」

「そう考えていいと思うな」

「じゃあ、これからどうするんですか？」

「脅迫状の一件だけでは、まだ千鳥さんを問い詰めるには材料が足りないだろう。昨日の予定どおり、トワさんから話を聞いて、三翠宝玉の処分の件を誰かに洩らしていなかったか確認しよう。もし千鳥さんだけが事前に聞いていた、なんてことになれば、ほぼ犯人と見て間違いないだろうからね」

「分かりました。それじゃあ、さっそくお祖母様のところへ行ってみましょう」

ところが、いざ母屋へ渡ってみると、朝倉の思惑は外れてしまった。介護人に面会を断られてしまったのだ。

「大奥様は昨夜からずっと微熱が続いていまして、意識が朦朧《もうろう》としていて、とてもお話が出来る状態ではありません。これ以上体調が悪化すれば、お医者様をお呼びすることになるかと思います」

仕方なく朝倉は廊下で待ち、奈月だけがトワの顔を見てくることになった。

しばらくして部屋から出てきた奈月は、沈痛な面持ちになっていた。

「トワさんは、そんなに悪いのかい？」

「体中がむくんで、顔なんてもう別人みたいで、見ているだけで辛《つら》かったです。介護してくれている方の話では、点滴のせいらしいんですけど……」

「そうか、心配だね」

朝倉としては、他に慰めの言葉も見つからなかった。

その後、奈月は離れに戻って仕事を続けることになった。現在、勤め先のデザイン会社では、麻布《あざぶ》に出店する洋菓子店の総合プロデュースを請け負っているらしく、奈月はその中で手提げ袋や紙ナプキンなどのデザインを任されたそうだ。

「プロジェクト全体からみればささやかな役割ですけど、私からすれば、初めて任せてもらえた大事な仕事なんです。本当ならもっと朝倉さんのお手伝いをしなくちゃいけないのに……済みません」

「いや、今のところ手伝いを頼みたいこともないからね。調査に何か進展があれば連絡するから、それまでは仕事に集中してもらって構わないよ」

そう言って、朝倉は奈月を送り出した。

実際のところ、手伝いを頼むどころか、次に何をするべきかさえ思いつかないような状況だった。屋敷の人々はみんな出払ってしまっているし、読むべき資料もない。

時計を見ると、午後二時になったばかりだった。今日の調査を切り上げるにはまだ早すぎるだろう。

ちょうどそのとき、美代子が帰ってきた。

「あら、朝倉さん。済みません、帰りが遅くなってしまって」

美代子は重たげなレジ袋を両手に提げていた。

「お腹が空いてらっしゃいますよね？　すぐに食事の支度をしますので」

「あ、いいえ、朝食が遅かったですから、まだそんなには」

そう答えて、朝倉はレジ袋を厨房に運ぶのを手伝ったが、そこでふと思い付き、

「ところで、早苗さんと崇さんもこちらにお住まいなんですか？」

と尋ねた。

もし二人が普段からこの屋敷で暮らしているのなら、盗難事件について何か知っていることもあるだろう。

「ええ、そうですよ」

「崇さんは部屋にいますかね？」

「いえ、崇様は朝食を取られてからすぐにお出かけになっています」

「仕事ですか？」

「それは……あの、崇様は二年前に大学を中退されてからは、免許をお持ちでない早苗様のために時々運転手役を務める他は、特に何もされておりませんで、今日もどこかへ遊びに行かれているのではないかと」

「ああ、そうなんですね。ちなみに、早苗さんのご主人はどちらに？」

「……早苗様は五年ほど前に離婚されていまして、それで崇様と一緒にこの屋敷へ戻ってこられたんです」

答えにくい質問ばかりされて、美代子は落ち着かない様子だった。

「美術館の電話番号は分かりますか？　今から早苗さんにお話を聞きに行ってもいいか、ご都合を確認したいので」

「ええ、それなら分かります」

美代子は戸棚の引き出しからメモ帳を取り出し、そこに書き留めてあった電話番号を教えてくれた。

朝倉は礼を言って厨房を出ると、リビングルームでさっそく美術館に電話してみた。

しかし、せっかくの思い付きも、またしても空振りに終わることになった。電話に応対した事務員の話では、早苗は午後から外出しており、今日は戻ってくる予定はないのだという。

礼を言って電話を終えた朝倉は、溜め息を吐いた。

結局、この日はこれ以降、新たに事件が起きることもなければ、何か調査が進展することもなく、朝倉はほとんど無為に半日を過ごすことになった。

3

二月十九日、月曜日。

目覚まし時計と携帯のアラーム機能を使って、朝倉は前日よりも一時間早く起きた。顔を洗って服を着替え、一階へ下りる。

厨房を覗くと、美代子が元気に立ち働いていて、テーブルには小野田の姿があった。

おはようございます、と挨拶を交わしながら、朝倉もテーブルの空いた席に腰を下ろした。

「朝倉さん、これが昨日お約束した資料です」

「済みません、ありがとうございます」

小野田が差し出した書類封筒を受け取り、中身を確認してみると、学術書などをコピーしたものが三十枚ほどと、写真をカラー印刷したものが一枚入っていた。

写真には美しい緑色の勾玉が三つ写っていた。元の写真はずいぶん古いもののようで、写りは粗かった。

「それが三翠宝玉です。今から二十年ほど前、日高地方のヒスイについて研究していた大学教授が、貴重な資料としてどうしても撮影したいと黒石家に頼み込み、写したものだそうです。恐らく外部に公開されている写真はこれ一枚だと思います」

「なるほど……」

朝倉はしばらく写真を見つめてから、

「ちなみにこの三翠宝玉に具体的に値段をつけるとなると、幾らくらいになるんでしょう」

「そうですね……これは唯一無二の品で、市場に出回ることはありませんから、相場を測るのは難しいんですが、たとえば国宝級の文化財に三億の値段がついたことを考えると、一つにつき三千万円ほどが最低ラインになるかと思います。三つ揃った状態ならもっと価値は上がるでしょう」

「そんなに高値がつくんですね」

呆気《あっけ》に取られるような思いで、朝倉は改めて写真を眺めた。三翠宝玉を砕いて処分するとトワが宣告したとき、早苗が血相を変えたのも当然かもしれない。

「ちなみにこれは国内の美術館や博物館などが購入する際の相場で、昨日お話ししましたように、闇ルートで海外の富豪へ売り渡したりした場合、更に三倍、四倍の値がつく可能性もあります」

そう聞かされると、三翠宝玉を取り戻すという自分の役目が、なおさら重いものに感じられてきた。二億、三億などという価値があるとすれば、殺人を犯してでも手に入れようとする者がいてもおかしくないだろう。あの不気味な脅迫文のことが頭をよぎる。

「それでは、私はこれで失礼します。中田さん、コーヒーをご馳走様《ちそうさま》」

小野田は長靴を履いて勝手口から出て行った。

朝倉はそのまま厨房で美代子が用意してくれた朝食を取ることにする。

「そういえば、奈月さんはもう食事に来ましたか?」

朝倉はトーストを食べながら聞いた。

「ええと、朝の六時頃にいらっしゃいました。何でも徹夜でお仕事をされていたそうで、食事の後も、もう少し作業を続けると仰ってすぐに離れへ戻っていかれました」

「早苗さんと崇さんは?」

「お二人とも、先ほど食事を済まされて、お出かけになられましたよ。今日はご一緒に少し遠出をされるそうで」

となると、今日もまたトワの回復待ちという状況が続きそうだ。もっとも、小野田が持ってきてくれた資料があるので、読み込むことでかなり時間は潰れそうだが。

食事を終え、礼を言って朝倉が席を立とうとしたところで、厨房の電話が鳴り始めた。

「はい、黒石でございます。……はあ、標津町の……いえ、それは……」

美代子は何か困惑した様子を見せながら電話の応対をする。

「……はい、分かりました、そのようにいたします。それでは失礼いたします」

電話を切った美代子は、助けを求めるように朝倉を見た。

「どうかされましたか?」

「それが、今の電話は標津町の不動産業者からだったんですが、昨日のミーティングに引き続き、今朝も九時から個別の打ち合わせをする予定だったのに、まだ百花様が姿をお見せになっていない、と言うんです。携帯に電話をしても繋がらないので、こちらに連絡をしてきたそうなんですが」

「これまでにも、そういったことはありましたか? 百花さんが取引先との待ち合わせに現れず、こちらに連絡が来たようなことは」

「いいえ、私の知る限り、そのようなことは一度もありません。百花様は時間に正確な方ですし、決して他人様《ひとさま》との約束を疎《おろそ》かにはなさいませんから」

「そうですか……」

「あの、百花様からこちらに連絡があれば、すぐに先方にお伝えする、とだけ約束して電話を切ったんですが、大奥様にご報告しておいた方がよろしいでしょうか?」

「いいえ、今のトワさんにはできるだけ負担をかけない方がいいと思います。それよりも、高市さんに連絡をした方がいいんじゃないでしょうか」

「ああ、そうですね。そういたします」

「僕も一応、奈月さんに知らせておきます」

美代子が急いで高市に電話をかける横で、朝倉も奈月の携帯に連絡した。

話を聞いた奈月は、すぐにそちらへ行きます、と言って電話を切った。

十分後、厨房へ現れた奈月は、徹夜の作業を物語るように目元に濃いクマを作っていた。

「さっき、私も姉の携帯に電話をかけてみたんですが、やはり繋がりませんでした。とりあえずメールも送って、これを読んだらすぐに連絡をください、と頼んでおきましたが」

奈月は不安そうな顔で言う。

「高市さんには、中田さんが連絡してくれた。高市さんは予定を早めに切り上げて、今夜のうちにこっちへ戻ってきてくれるらしいよ」

二人は美代子が用意してくれたコーヒーを手に、リビングルームへ移った。

「まさか、姉の身に何かあったんでしょうか」

「そうだな……たとえば乗っていたタクシーが事故にあって、怪我をして病院に運ばれたなんてことはあるかもしれない」

朝倉は考えられる中で一番穏当な可能性を語った。

「三翠宝玉や脅迫状に関係したことで、姉の身に危害が加えられたという可能性はありませんか？」

「百花さんのところへも脅迫状が届いていたんだろうか。奈月さんは何か聞いていないかい？」

「いえ、私は何も……。ただ、百花姉さんの場合は、たとえ脅迫状が届いていたとしても、怖がって騒いだり、みんなに相談するような性格ではないと思います」

「確かにそんな感じだね。ともかく、今の段階ではどんな可能性も想像でしかないんだ。余計な心配はせずに続報を待っていた方がいいかもしれないよ。こうしている間にも、百花さんが打ち合わせ場所に現れて遅刻を謝っているかもしれないんだし」

「だといいんですけど……」

「奈月さんも徹夜で疲れてるだろう？　今のうちに仮眠を取っておいたらどうだい」

「ええ、でも、一人で離れにいるのは何だか不安で……」

「だったら、僕のゲストルームのベッドで寝ればいいよ。それなら少しは安心できるんじゃないかな」

「いいんですか、済みません」

朝倉は厨房に行って美代子に事情を説明し、ベッドメイクをしてくれるよう頼んだ。そして、先に部屋に上がって、散らばっていた荷物などを片付け、居室側へ運んでおく。

準備が整ったところで朝倉は一階に戻った。

「それじゃあ、僕はリビングルームにいるから、何かあったら声をかけてね」

そう言って、朝倉は二階へ上がっていく奈月を見送った。

改めてソファに腰を据えると、朝倉は小野田から受け取った資料に目を通すことにした。

いかにも学術書らしい無味乾燥の文章と、難しい専門用語のせいで、一ページ読むだけでも苦労した。文字の上を目が滑り、なかなか内容が頭に入ってこない。

それでも、かつて日高地方に純度の高いヒスイの鉱脈が存在したこと、それらは縄文《じょうもん》時代に勾玉、大珠《たいしゅ》、斧に加工されて、交易品として各地に運ばれていたこと、青森県の三内丸山《さんないまるやま》遺跡からは日高産ヒスイの装飾物が発見されていることなどが分かった。

昼過ぎに、美代子が用意してくれた食事を取ると、一度母屋に渡ってトワの様子を確かめてみた。介護人の話では、幸い今朝方から熱も下がり、今は静かに眠っているという。明日辺りには話もできるのではないか、とのことだった。

北棟のリビングルームに戻り、残りの資料を読み終えてしまうと、後はもうどこからか連絡が入るのを待つしかなくなった。二度ほど屋敷の電話が鳴り、その度に朝倉はどきりとして身構えたが、どちらも屋敷に出入りする業者からの事務連絡だった。

やがて午後五時を過ぎ、いい加減待ち疲れしてきたところで、思ったよりも早く高市が帰ってきた。

玄関から真っ直ぐにリビングルームに入ってきた高市は、コートを脱ぎながら、

「あれから何か連絡はありましたか？」

と尋ねてきた。

「いいえ、こちらには何も。高市さんの方はどうですか？」

「何度か標津町の方へ連絡してみましたが、やはりまだ百花ちゃんの行方は分からないままのようです。彼女の身に何かが起きたのは、もう間違いないでしょう」

高市は厳しい表情で言った。

「どうやらそのようですね」

「朝倉さんは、これが三翠宝玉の盗難事件と何か関係があると思いますか？」

「ええ、その可能性は高いでしょう」

高市に対しては、率直に答えることにした。

「では、一昨日屋敷に忍び込んでいた男が三翠宝玉を盗んだ犯人で、今度は標津町まで百花ちゃんを追っていって危害を加えた、ということになるんでしょうか」

「いえ、まだそこまで断定はできません。それに、今回の事件の構図はもっと複雑なような気がしま

す。高市さんはまだご存知ないでしょうが、実は、昨日の朝に千鳥さんにも脅迫状が届いたんです。奈月さんが受け取ったのと同じように『マガタマヲカエセ』と書かれていました。仮に先日の男が犯人で、黒石家の家族に危害を加えようとしているのなら、わざわざ警戒させるような手紙を送りつけるでしょうか。しかも、盗んだ本人が『勾玉を返せ』というメッセージを送るのは理屈に合いません」

「それは確かに……」

「今のところは、どんな予断も持たない方がいいでしょう」

「分かりました、そのようにします」

高市がそう頷いたときだった。

あっ、という大きな声が厨房から聞こえてきた。そして、すぐに足音を響かせて美代子がリビングルームに飛び込んできた。

「朝倉さん、大変です！ ……あ、高市さんも帰っていたのね」

「どうしたんです？」

朝倉は立ち上がって尋ねた。

「それが……ともかく、こちらに来てください」

そう言って、美代子は厨房へ戻っていった。朝倉は高市と顔を見合わせてから、その後を追った。

厨房に入ると、戸棚に置かれた小型テレビが点いていた。画面に映っているのはローカル報道番組のようで、スタジオでアナウンサーが何か喋っている。

そして、画面下のテロップに目を向けた瞬間、朝倉ははっと息を呑んだ。『標津沖で女性の遺体発見』と書かれている。

画面はＶＴＲへと切り替わり、流氷に覆い尽くされた海が映し出された。

「本日の午前九時頃、根室海峡を航行していた海上保安庁の巡視船『あつけし』が、流氷に載った女性の遺体を発見しました。遺体を回収して調べたところ、首を絞められて殺された跡があり、通報を受けた警察は殺人事件と見て捜査を開始しました」

画面は港に停泊する巡視船に切り替わった。船着き場の周辺には警察官が集まっており、ブルーシートで囲いながら遺体を運び出しているようだった。

「遺体は若い女性のものと見られ、警察は身元の確認を急いでおります」

そこで映像はスタジオに戻った。

「あの、この見つかった女性の死体というのは、まさか……」

美代子は血の気が失せた顔になっていた。

「……高市さん」

朝倉は呼びかけたが、高市はじっと画面を見つめたまま反応しなかった。

「高市さん！」

もう一度強く呼びかけ、それでやっと高市は我に返った。

「済みません、何でしょう」

「このタイミングで、標津沖で死体が発見されたとなると、百花さんの失踪《しっそう》との関連を考えないわけにはいきません。念のため、問い合わせをした方がいいでしょう。標津町で事件が起きた場合、捜査本部が設置されるのはどこの警察署になりますか？」

「それは……中標津警察署でしょうね」

「では、そちらに電話をしていただけますか？　僕よりも、顧問弁護士である高市さんの方が話が通りやすいと思いますので」

「ええ、そうですね。さっそく電話してみます」

仕事を頼まれ、やっと気を取り直したように高市は頷いた。

「それから中田さん、申し訳ありませんが、奈月さんを起こしてきてもらえませんか。事情は僕の方から説明しますので、リビングルームの方へつれてきてください」

「分かりました」

美代子はまだ動揺を引きずっている様子だったが、ともかく厨房を出て行った。

朝倉はリビングルームに移って、奈月が下りてくるのを待つことにした。

それにしても、改めて考えると不可解なニュースだった。溺死体《できしたい》が海上を漂っていたというのならまだ分かるが、絞殺された死体が流氷に載っていたというのは、自然に起きることではない。一体、犯人にどんな意図があったというのだろう。

やがて奈月がリビングに入ってきた。多少は眠れたのか、顔色は良くなっている。

「朝倉さん、何かあったんでしょうか?」

何も聞かなくても美代子の態度から察したのだろう、奈月は不安げな表情だった。

「ええ、実はですね……」

朝倉は奈月をソファに座らせてから、先ほどのニュースのことを説明した。

「まさか、それが百花姉さんだというんですか?」

強いショックを受けた様子で、奈月はわなわなと体を震わせた。

「その可能性は充分にあります。今、高市さんが捜査本部の方に問い合わせをしてくれているので、それで状況はよりはっきりするかもしれません」

「そんな、姉さん……」

奈月は両手で顔を覆い、呻《うめ》くように言った。

しばらくして、リビングルームの戸口に高市が現れ、朝倉を手招きした。

朝倉はソファから立ち上がって高市のところへ行く。

「問い合わせはどうでしたか?」

「身体の特徴や、身につけた衣服などから、遺体が百花ちゃんである可能性は高そうです。警察からは、実際に遺体と対面して確認してもらいたい、と頼まれました」

高市は声を潜めて言った。その目には深い悲しみの色があったが、口調は冷静だった。

「では、これからどうされます?」

「確認はできるだけ早い方がいいでしょうし、これから私が中標津署に向かうことにします。もう電車や飛行機はありませんが、車でも六時間ほどで着けるはずです」

「僕も同行してよろしいですか?」

「ええ、もちろんです」

高市はそう答えてから、奈月のもとへ向かった。

「奈月ちゃん、私はこれから遺体の確認に行ってくる。結果が分かり次第連絡するから、留守を頼むよ」

「……いえ、私も一緒に行きます」

「しかし、確認するだけなら私一人で充分だから」

「お願い、私も連れて行ってください。妹の私が、一番辛い作業を他人任せにするなんてできません。高市さんが心配してくれるのは分かりますが、私なら大丈夫ですから」

奈月の顔には強い決意が表れていた。

「……よし分かった、一緒に行こう。それじゃあ、すぐに準備に取りかかってくれるかな」

朝倉たちはそれぞれ自室に向かい、旅の支度をした。

出立前に、遺体の確認が済むまでは誰にも知らせないように、と美代子に言い含めておいた。

三人は屋敷を出ると高市の車に乗り込んだ。奈月が助手席に、朝倉は後部座席に座る。

車はまず国道237号線で北東に向かった。三人にほとんど会話はなく、ラジオの音だけが流れる。ときおり伝えられるニュースでは、標津沖で女性の遺体が発見された件が何度か伝えられたが、目新しい事実は何もなかった。

一時間半ほどで、占冠《しむかっぷ》村に到着した。そこで道《どう》東《とう》自動車道に乗る。

単調な高速道路の上を走っていると、朝倉の緊張も途切れて、うつらうつらとした。助手席の奈月も、ときどきヘッドレストに頭を預けて眠っていたようだ。

午後十時前に、阿寒《あかん》ICで高速道路を下りた。ここまで日高町からほぼ四時間、ずっと運転を続けていた高市は、疲労がピークに達している様子だった。三人とも夕食も取らずに屋敷を出ていたこともあって、朝倉は少し休憩を入れることを提案した。高市と奈月は先を急ぐ様子を見せたものの、強いて反対はしなかった。

寄り道をして釧路《くしろ》市内に向かい、目に付いたファミレスで夕食を取った。誰も食欲はなさそうだったが、それでも無理に料理を詰め込むようにして、食事を終えた。

「高市さん、ここからは私が運転します」

店を出たところで、奈月が言い出した。

「え？　奈月ちゃんが？」

「高市さん、札幌から戻ってきて、休む間もなくまたずっと運転でしょう？　少しくらい仮眠を取らないと、倒れちゃいますよ。私もそんなに運転の経験はありませんけど、こっちに戻ってきたときには何度か友達とドライブに行きましたし、大丈夫ですよ」

「いや、それだったら朝倉さんに……」

「済みません、僕は免許を持ってないもので」

「ああ、そうでしたか」

高市はそれでもまだ少しためらっている様子だったが、

「さあ、キーを貸してください」

と半ば奪うようにして奈月が鍵を取り上げると、

腹を決めたようだった。

「分かった、任せたよ。ただし、この先は鹿が飛び出してくるかもしれないけど、決して急ブレーキを踏んだりしないようにね」

「ええ、それも教習所で習いました」

笑みを浮かべて答え、奈月は運転席に乗り込んだ。

国道272号線に乗って釧路市街を離れると、道の左右には真っ暗な林の影ばかりが続いた。広大な平野を突っ切る道路をひたすら走っていく。

最初は緊張した様子でハンドルを握っていた奈月だったが、三十分もしないうちに慣れてきたようだった。じっと前方を見つめていた高市も、いつのまにか軽い寝息を立て始めた。

幾つか小さな市街地を通り抜け、二時間ほど走り続けた末に、車はついに中標津に辿り着いた。

路肩で車を停めて運転を交替すると、高市はカーナビで警察署の位置を確認した。

警察署の周辺は真っ暗だったが、建物には煌々《こうこう》と明かりが灯っていた。駐車場にはマスコミ関係の車両も多く停まっている。

警察署に入り、通りかかった警官に事情を説明すると、すぐに二階の会議室に案内された。そこでしばらく待つうちに、刑事らしい男たちが三人入ってきた。

「どうも、遠方からご苦労様です。私は今回の事件を担当しております、山守《やまもり》と申します」

一番年配の刑事がそう挨拶し、名刺を差し出した。山守は道警本部捜査一課の刑事らしく、階級は警部補となっている。

高市が代表して名刺を交換し、挨拶した。

「それでは、さっそくですがこちらへどうぞ」

山守は三人を案内して部屋を出た。

死体の安置室に向かう間、さすがに高市も奈月も青ざめた顔をしていた。朝倉も、ほんの短時間とはいえ生前の百花と言葉を交わしたことがあるのだ、これからその死体と対面するかと思うと胃の辺りが重くなった。

冷たいコンクリートの廊下を進んでいき、やがて扉の前に立った。

「ご遺体はこちらです。前もって申し上げておきますが、遺体は絞殺されていて容貌《ようぼう》がかなり損なわれています。どうか覚悟を持って確認してください」

山守はそう告げてから、扉を開けた。

部屋の中央にはステンレスの台が置かれ、その上に白い布をかけられた遺体が載っていた。

高市を先頭にして、三人はゆっくりと台に近寄っていく。

「では、ご覧ください」

山守は遺体にかけられていた白布を、さっと腰の辺りまで捲《まく》り上《あ》げた。

奈月が声にならない悲鳴を上げるのが分かった。高市も思わず視線を逸らしたようだ。

朝倉は、微かに嘔吐感を覚えながら、醜く歪んだ死体の顔をじっと見つめた。

最初はそれが百花だとは思えなかった。しかし、しばらく観察するうち、額や鼻、口元の形に見覚えがあると分かってくる。やはり被害者は百花だったのだと確信を抱いた。

目的を果たして、視線を遺体から外そうとしたところで、ふいに朝倉は違和感を覚えた。

何かがおかしい、何かが違っている。直感的にそう思い、その正体を探るために遺体の隅々までに視線を走らせる。

やがて、朝倉ははっとして遺体の一ヵ所に視点を止めた。そうか、違和感の正体はこれだったのか。

そのとき、高市が低い声で、

「黒石百花さんの遺体で、間違いないと思います」

と山守に告げた。

「……私も、姉に間違いないと思います」

奈月が口元を抑え、喉《のど》から声を絞り出すようにして言う。

「ご協力ありがとうございました」

山守はすぐに白布をかけ直し、百花の無惨な遺体は隠れた。

第四章

1

警察の事情聴取が終わって朝倉たちが解放されたときには、もう午前二時を過ぎていた。

警察は主に百花の交友関係について質問してきたが、やはり出張先で殺害されたということで、特に仕事上の繋がりについて執拗《しつよう》に尋ねてきた。そうした事情が分かるのは高市だけで、手帳を広げながら標津町での取引相手について詳しく答えていった。

事情聴取の最後に、高市は三翠宝玉の盗難の件についても一応の説明をしておいた。だが、捜査本部は仕事上のトラブルが本命と考えているせいか、山守の聞く姿勢にあまり熱意は感じられなかった。簡単にメモを取って、上に伝えておきます、と言うだけだった。

身元確認が終わった百花の遺体は、この後、旭《あさひ》川《かわ》にある大学病院に送られ司法解剖を受けるという。遺体を引き取って葬儀をあげられるのはまだ数日先になりそうだった。

三人は一階まで下りると、廊下の片隅に置かれたベンチに座って、今後の相談をした。

「高市さんはこれからどうされますか?」

朝倉は尋ねた。

「こうなった以上、大奥様にご報告しないわけにはいきませんから、これからすぐに屋敷まで戻るつもりです」

「少し休まなくて大丈夫ですか?」

「ええ、先ほど奈月ちゃんが運転を代わってくれている間に仮眠を取れましたので、もう一踏ん張りできそうですよ」

「朝倉さんはどうされるつもりですか？」

奈月が尋ねてきた。

「僕は……こちらに留まって、百花さんが亡くなった前後の状況を調べてみようと思ってる」

「でも、私たちがお願いしたのは三翠宝玉の行方を追うことであって、殺人事件の調査まで頼むつもりは……」

「もちろん差し出がましい真似であることは、自分でも分かっているよ。事件を防ぐこともできなかった僕を信頼できないとしても当然だしね」

「いいえ、そうじゃないんです。私は今でも朝倉さんのことを信頼しています。ただ、こんな恐ろしい事件に巻き込んでしまっては申し訳ないと思って」

奈月はそう言うと、怯えの浮かんだ目を伏せて、

「もし三翠宝玉の言い伝えが本当なら、まだまだ私たちには災いが降りかかってくるはずです。それは黒石家の一族の者に限らず、昭和の事件で捜査中の刑事が亡くなったように、事件に関わった人間なら誰でも犠牲者になり得るんだと思います。だから、朝倉さんは今のうちに……」

「待ってくれ。僕は呪いなんてものは信じていない。だけど、仮に三翠宝玉の存在が惨劇を招くようなことがあったとしたら、なおさら僕は調査を途中で投げ出すわけにはいかないよ。君を守るためにも、何としても犯人を見つけるつもりだ」

朝倉は強い口調で言い切ると、高市の方を向いた。

「どうです、高市さん。僕にこのまま黒石家に雇われたという立場で調査を続けさせてもらえませんか？　そうすれば、聞き込みもスムーズに進むはずです」

「もし断ったらどうします？」

「個人的に調査を進めるだけです。色々と不便はあるでしょうが」

「ほら、奈月ちゃん。聞いてのとおり、朝倉さんはここまで覚悟を決めてくれているんだ。我々としては、素直に協力をお願いするべきだと思うがね」

高市が諭すように言うと、奈月はまだためらいを残しながらも頷いた。

「それじゃあ……朝倉さん、お願いします」

「ありがとう。全力を尽くすよ」

それから三人は、改めて今後の調査の段取りについて話し合った。

奈月は一緒に標津町に残って調査を手伝うと主張したが、朝倉は許さなかった。奈月は一見すると気丈に振る舞っていて、姉の遺体と対面したショックを引きずっているようには見えない。しかし、ふとした拍子にぽっかりと虚《うつ》ろになる眼差しを見ているともう限界が近いことが伝わってきた。

ともかく高市と共に屋敷へ戻り、まずは休息を取るようにと説得すると、奈月も最後には聞き入れてくれた。

別れる前に、朝倉は高市に尋ねた。

「そうだ、百花さんが打ち合わせをする予定だった業者のことを教えておいてもらえませんか?」

高市の説明によれば、打ち合わせの相手は柴田健《しばたけん》二《じ》という標津町を中心に不動産業を営む男だったそうだ。今回百花が携わっていた開発プロジェクトは、もともとこの人物が持ち込んできた企画だったらしい。

「そう、それともう一ヵ所、こっちの町で百花ちゃんが立ち寄りそうな場所があります」

ふと思い出したように高市は言うと、

「『サキペ』という小料理屋で、百花ちゃんがとても気に入っていて、標津に限らず道東方面に出張したときは、必ず立ち寄っていたそうです。私も一度、彼女に案内されたことがあります。今回も、もしかしたら顔を出していたかもしれません」

と店の場所を教えてくれた。

それから、朝倉は携帯で付近のホテルを調べ、今からでも宿泊可能な宿を調べた。電話で部屋を予約し、高市の車でホテルまで送ってもらう。

「では、帰り道は気を付けてください。何か分かりましたらすぐに連絡しますので」

ホテルに着くと、朝倉はそう挨拶して車を降りた。走り去っていく車の中で奈月が手を振るのが見えた。

チェックインして部屋に上がり、ベッドに横になると、重い疲労を感じた。

それにしても、百花はなぜ殺されたのだろう。ぼんやりした頭で思案を巡らせる。

もちろん警察が睨んでいるように、仕事上のトラブルが原因だった、という説も否定はできない。しかし、これまでの経緯からすると、三翠宝玉が消えた一件と無関係とは思えなかった。それに、動機という点を考えたとき、まず朝倉の頭をよぎるのは、先日屋敷で目にした遺産相続を巡る醜い争いのことだった。今の立場上、警察に滅多なことは言えないが、百花が死んで利益を得る人間は身内にもいるのだ。

動機だけではなく、百花の遺体がオホーツク海の流氷上にあったという状況も、不可解な謎のままだった。犯行がどのような状況で行われたのか、警察も未《いま》だに手がかりを摑めていないらしい。

事件について考えるうち、朝倉は意識の底で大きく不安が膨らんでいくのを感じた。その原因となっているのは、例の三翠宝玉にまつわる伝承だ。奈月にも言ったとおり、呪いの存在を信じるつもりはないが、かといって、過去に二度、黒石家を凄惨《せいさん》な事件が襲ったという事実までは否定できない。自分もまた事件の渦中に引きずり込まれ、無惨な死を遂げるのではないか、と想像すると背筋がぞっとした。だが、それ以上に、何としても奈月を守らなければという使命感の方が強く、事件から逃げ出そうという気持ちはまるで起きなかった。

そんなことを考えるうちに、いつの間にか朝倉は着替えもしないまま眠りに落ちていた。

午前九時過ぎに目を覚ました朝倉は、急いでシャワーを浴びて服を着替え、ホテルの食堂で質素な朝食を取った。

チェックアウトを済ませた後、朝倉は柴田健二の会社に電話をしてみた。応対した社員に、自分が高市の代理人であることを告げ、柴田との面会を申し込む。しばらく待たされてから、午前十一時半に会社の方へ来るようにと言われた。

朝倉はフロントでタクシーを呼んでもらうと、運転手に会社の住所を伝えた。地元ではそれなりに知られた会社なのか、ああ、柴田総合企画さんですね、と運転手は応じた。

車は二車線の国道を北東へ進んでいき、三十分ほどで標津町に到着した。

海沿いの道路に出ると、穏やかな空の下で海一面に広がる流氷を眺めることができた。そして、海の向こうには、山頂に雪を被《かぶ》った国後島の巨大な姿が見える。海岸から国後島まではほんの二十四キロの距離だとは聞いていたが、ここまで間近に感じられるとは思わなかった。

タクシーは北に向かって走り、役場のある市街地の中心部へ入っていった。

柴田総合企画は三階建てのなかなか立派な自社ビルを持っていた。一階は不動産の営業所として使われているようだ。朝倉が営業所に入ってアポイントのことを伝えると、社員は内線電話で確認した後、二階の応接室へ案内してくれた。

お茶も出ないまま三十分ほど待たされ、正午まであと十分というところで、やっと柴田が現れた。

「どうもお待たせして済みませんな。何しろ、ご存知の通り黒石常務の一件で大変な騒ぎになっておりまして、私の方もついさっきまで警察からあれこれ事情を聞かれていたんですよ」

柴田は忙《せわ》しない口調で挨拶した。年は五十代の中頃ほどか、いかにも精力的な太い顔つきで、額は脂に光っていた。

「黒石常務というのは、百花さんのことですね？」

「はあ、そうですが」

何を今更、という顔で柴田は応じると、向かいのソファにどっかと腰を下ろした。

「それで、お宅さんは高市さんの代理人だとか？」

「そうです。黒石本家のトワさんに雇われている身でもあります」

朝倉は一応、名刺を差し出した。

柴田は、何の肩書きもなく住所が東京になっている名刺を見て、訝しげに眉を動かしたが、何も言わなかった。

「柴田さんは、百花さんと何か開発プロジェクトを進めていたとか？」

「ええ。この標津町にある観光資源を充分に活かし、国内のみならず海外からも観光客を呼び集めるため、オホーツク海に面したリゾートホテルを建設する計画だったんです。すでに土地の選定も済み、建設業者も決まり、役場からの支援も取り付けたところでしたのに……」

柴田はそう言って天井を仰ぎ、

「黒石常務がいなくなったとなると、計画は一旦《いったん》仕切り直しになるどころか、全ておじゃんになる可能性だってあります。これからどうすればいいのか、頭が痛いどころの話じゃありませんよ」

と嘆いた。

「百花さんが殺害された理由について、何か心当たりはありませんか？　たとえば、開発プロジェクトに反対している住人がいたとか、計画から外されて恨んでいる業者がいたとか」

「それについては警察からも散々《さんざん》聞かれましたがね、正直言って、何も心当たりはありませんよ。長らく放置されていたレストラン跡地を利用し、新しい雇用も生むということで、地元の住人からも歓迎されていた計画でしたからね。業者についても、元請けの建設会社が差配することですから、そこでどんなトラブルがあろうと、黒石常務が恨まれる筋合いではないでしょうな」

「では、プロジェクトに関わっていた人たちの内部で、何かいざこざでもありませんでしたか？」

「ない、と断言するのもあれですから、少なくとも私は何も知らないと答えておきましょう」

そう答えてから、柴田はうんざりした顔になり、

「とにかく、我々の中で、黒石常務を殺して得をする人間は誰一人いないんですよ。警察にもそれはくどいほど説明したんですがね、まるで耳に入ってない様子でしたよ。それどころか、私の所有しているクルージングボートを調べさせろと言ってくる始末でして」

「ボートを？」

「ほら、黒石常務の死体は流氷の上で発見されたというじゃないですか。警察は、犯人は船上で常務を殺したか、どこかで常務を殺した後、船で死体を運んだと考えてるんでしょう。だから、私のように船を所有している者は、それだけで疑われているようです。そりゃ、私には何一つ後ろめたいところはありませんから、調べられたところでどうということはありませんが、警察に疑われてボートを捜索されたというだけで、会社の評判に傷が付きますからね」

「なるほど、それは災難でしたね」

その後も、百花の仕事上の人間関係について質問を重ねたが、これといった収穫はなかった。最後に礼を言って、朝倉は引き上げることにした。

「そうそう、もしできれば高市さんに……いや、いっそのこと本家の大奥様に、このプロジェクトについて改めて説明する機会をいただければ、と思うんですが、どうでしょうかな。何かのついでにお耳に入れてもらえはしませんかね。もちろん、上手くことが運べば、朝倉さんにも個人的なお礼をするつもりですよ」

別れ際に、柴田はおもねるような目つきで言った。

「そうですね、チャンスがあれば話してみましょう」

朝倉は口先だけの約束を残して、応接室を後にした。

次に向かう先は、百花の行きつけの店だったというサキペだった。タクシーを呼び、店の名前を伝える。

タクシーは北に向かって走り、市街地を抜けた後、標津川を越えた。そこから脇道に入ったところに目的の店はあった。運転手にその場で待っているよう頼んでから車を降りる。

店構えは歴史の風格を感じさせるような古い木造で、アイヌ文様のタペストリーが入り口周辺を飾っていた。店は開店前だったが、中で人が立ち働いているのが見えた。

「済みません、ちょっとよろしいですか」

店に入って声をかけると、カウンターの奥から肥えた中年の男が出てきた。暖房がよく効いているのでTシャツ一枚という姿だ。

「申し訳ないんですが、うちは午後二時からの営業なんですよ」

男は無愛想な顔つきだが、言葉遣いは丁寧だった。

「いえ、僕は客ではなく、こちらの店の方にちょっと伺いたいことがあってお邪魔させてもらったんですが」

「伺いたいこと？」

「昨日、標津沖で女性の死体が発見されたのをご存知ですか？」

「そうなのかい？　いや、テレビはほとんど見ないもんでね。……そうか、やたらとパトカーが走り回ってると思ったら、そんなことがあったのか」

そう答えた男の背後で、戸口の暖簾《のれん》がかきわけられ、中年の女が顔を出した。

「その事件を知らなかったのは、この辺りではあんただけだろうね。全く、ニュースくらい見たらどうなのよ」

「うるせえや……それで、聞きたいことっていうのは、その事件に関係してるのかい？」

「死体で発見された女性が、こちらの店の常連客だったそうなんですよ」

「へえ、誰だろう」

「黒石百花という名前に心当たりは？」

「さあ……お前は知ってるか？」

男は振り返って尋ねたが、女も首を横に振る。

「では、この写真の女性に見覚えは？」

朝倉は携帯を操作し、奈月からメールで送ってもらっていた百花の画像を表示させた。

男と女は顔を並べて朝倉の携帯を覗き込む。

「……あ、この人」

女が声を上げると、男も頷きながら、

「確かに、月に一度は店に来てくれるお客さんだよ。つい一昨日の夜だかも、食事に来てくれていたはずだ。……まさか、この人が死体で発見されたのかい？」

「ええ、そうなんです」

「そうか、お気の毒に……」

男は眉をひそめて言ったが、悲しむというよりは、驚き戸惑っている様子だった。

「報道だと、その人は首を絞められて殺されたって聞きましたけど、本当?」

女が恐ろしげに聞いてくる。

「ええ、確かに彼女は絞殺されていました」

「嫌だねえ、嫌だ嫌だ。……それで、あなたは新聞記者か何か?」

「いえ、僕は被害者の親族の依頼で事件について調べている者です。それで、一昨日の夜にも、その女性が店に来ていたそうですが、それは何時頃のことでしょう」

「あれは……まだ店が混み合う前の早い時間帯だったな。そう、夕方の六時頃じゃなかったかな」

男は腕組みをして、首をひねりながら答える。


「誰か連れはいましたか?」

「いや、一人だったね。あの人はいつも一人で店に来てたよ。あそこの奥のテーブルがお気に入りの席で、無愛想ってわけじゃないんだが、店の者とあまり口を利くこともなく静かに料理を食べていたね」

「あ、でも、二、三ヵ月くらい前に、けっこう年上の男の人を連れてきたことがありましたよ」

ふと思い出したように女が言った。

そうですか、と朝倉は頷いたが、きっとそれは高市のことだろうと見当を付ける。

「一昨日は、何かいつもと変わった様子はありませんでしたか?」

「さあ、なかったと思うがねえ。いつもどおりに、最初に冷酒を頼んでから、料理を三皿四皿注文して、静かに食べていたよ」

そう答えてから、男はぽんと手を叩き、

「そういえば、別に大した話じゃないんだが、一つだけいつもと違うところはあったかな」

「何です?」

「珍しく、料理を少し食べ残して帰ったんだ。これまでは全部きれいに食べていってくれてたから、何か気に入らないことでもあったのかと、少し気になったのを覚えてるよ」

「ああ、それだったら、たぶんあの電話のせいよ」

横から女が言った。

「何だよ、電話って」

「あのお客さんがお食事中に、携帯に電話がかかってきたのよ。何かひそひそと話をしてたんだけど、電話が終わると、残っていた料理には手をつけず、すぐに会計を頼んできたの。誰かから急な呼び出しを受けたって感じだったわね」

「それが誰からの電話だったか分かりますか?」

朝倉は思わず勢い込んで聞いた。

「いや、さすがにそこまでは分かりませんよ。お客さんの電話に聞き耳を立てるわけにはいきませんから。ただ、ちらっと耳に入りましたけど、『大井《おおい》ホテル』って名前を口にしたのだけ、ちらっと耳に入りましたけど」

「そのホテルをご存知ですか?」

「そこの国道を野付半島に向かってずっと南に進んでいけば、道路沿いに建ってますよ」

朝倉は二人に丁寧に礼を言ってから、店を後にした。

2

待たせていたタクシーに乗り込み、ホテルの名を告げると、運転手も場所を知っていた。

今まで走ってきた道を引き返すような形で、車は南へ進んでいく。

しばらくすると、左手に海岸、右手に野原が広がる一帯に差し掛かった。ぽつりぽつりと民家や漁師小屋が点在する他は、茫漠《ぼうばく》とした景色が続くだけだ。

やがて、大井ホテルという看板を掲げた建物が見えてきた。ホテルとは言っても、二階建ての小さな建物で、ビジネス旅館に毛が生えた程度に見える。

駐車場に車を停めた運転手に、再び待っていてくれるよう頼んでから、朝倉はホテルに入っていった。

狭いロビーは無人で、朝倉はフロントのベルを鳴らした。しばらくして、奥の戸口から白シャツに黒いスラックスを身につけた初老の男が出てきた。

「いらっしゃいませ、ご予約のお客様ですか?」

「いえ、僕は泊まり客ではなく、ちょっとお尋ねしたいことがあって、お邪魔したんですが」

そう断って、朝倉は男に携帯の画像を見せる。

「この女性に見覚えはありませんか? 一昨日の夜、このホテルへやってきた可能性があるんですが」

「はて……」

男は老眼鏡をかけ、目を細めて画像を見つめたが、やがて、

「いえ、こんな方はお見かけしていませんな」

「本当に、確かですか?」

「間違いないですよ。一昨日は、釣り客のグループが一組来られただけですから」

「そうですか……どうもありがとうございました」

当てが外れて、朝倉は落胆しながらホテルを出た。

なぜ、百花はここに来なかったのだろう。小料理屋の女が単にホテル名を聞き間違えただけなのか、それとも途中で場所が変更になったのか。

この次はどうしたものか、と玄関前で思案していると、ふと、大きな軒下に置かれたベンチと灰皿に

目が留まった。館内は全面禁煙で、どうしても吸いたい方はこちらでどうぞ、ということなのだろう。ベンチの横には自販機も設置されている。

そうだ、と朝倉は思った。相手がこのホテルを待ち合わせ場所として指定したとしても、何も建物の中にまで入る必要はないのだ。二人は玄関前で落ち合い、それから別の場所へ移動したという可能性もある。いや、もし電話の相手が百花を殺害した犯人であるなら、一緒にいるところを人に目撃されたくはないだろうから、間違いなく建物の外で待っていたはずだ。

ホテルから隣の建物まで、ゆうに二百メートルは離れているだろう。夜になれば辺りは真っ暗で、たとえば道路の向こう側の砂浜へ誘い出してしまえば、ふいに襲われた百花が助けを求めても、その声は潮風に掻《か》き消され、誰の耳にも届かなかったはずだ。

朝倉はタクシーのところへ行き、もう帰っていいと伝え、これまでの料金を精算した。

タクシーが去った後、朝倉は道路を横断して砂浜へ下りた。ここへ百花がやってきたという痕跡《こんせき》は何か残っていないだろうか。

しかし、いざ足を踏み入れてみると、砂浜は数キロにわたって長く延びていて、ここで痕跡を探すなどというのは、まさに砂漠で針を探すような難事に思えた。それでも、冷たい潮風に吹かれながら、辺りをしばらく歩き回ってみる。

二十分ばかり経ったところで、朝倉は途方に暮れる気持ちで立ち止まった。やはり、一人で探し回ったところで限界がある。警察が総動員で捜索でもしない限り、痕跡を発見するなど不可能だ。

すっかり気持ちが萎《な》えてしまった朝倉は、立ち止まってぼんやりと海を眺めた。

「あんた、さっきから何をしとるのかね」

ふいに声をかけられ、驚いて振り返ると、そこには老人が立っていた。小柄で背中が曲がっており、真っ黒に潮焼けして深いしわが刻まれた顔からすると、元は漁師だったのだろう。

「その、ちょっと探し物をしていまして」

「何か落としたのかい?」

「いえ、そういうわけではなく……」

朝倉は少し迷ってから、手短に事情を説明した。

「ほうほう、それじゃあ、この浜で女が殺されたというのか」

老人は目を丸くして言った。

「まだそこまでは断言できません。しかし、被害者の女性がここに来ていて、しかも誰かと一緒にいたとしたら、その相手が犯人である可能性は高いと思います」

「ふむ、そりゃあ道理だ」

「あなたはいつもこの辺りを歩いているんですか?」

「ああ、浜の散歩は日課だよ」

「でしたら、何か変わったものを目撃されたりしていませんか?」

朝倉が尋ねると、老人は被っていた毛糸帽をくしゃくしゃと潰すようにして脱ぎ、海に視線を向けてじっと考え始めた。

初めのうちは期待しながら待っていた朝倉だったが、一分、二分と過ぎていくうちに、老人が本当に記憶を探っているのか、それともただぼんやり海を眺めているだけなのか、分からなくなってきた。

「……あのう、それじゃあ、僕はそろそろ」

ついに我慢できなくなって立ち去ろうとしたとき、そういえば、と老人はぼそりと呟いた。

「何か思い出しましたか?」

「事件と関係あるかどうか分からんが、昨日、変わったことがあったのを思い出したんだ」

「何です?」

「ほら、あそこに小屋があるだろう」

老人は砂浜のずっと向こうを指差した。その辺りにはまばらに草が生えていて、波打ち際の近くにトタンの小屋が建っているのが見える。

「何年も前から、小屋の脇にボートが放置されていたんだが、それが無くなっていたんだ」

「本当ですか?」

思わぬ証言に、朝倉は気持ちが高ぶるのを感じた。もしかして、百花を殺した犯人は、そのボートに死体を載せて沖合の流氷まで運んだのではないだろうか。

「ワシは、とうとう波にさらわれちまったんだと思っていたがね」

「そのボートは漁船みたいなものですか?」

「いやあ、そんなもんじゃなくて、小さい手漕ぎのボートだよ」

「オールは残っていましたか?」

「無かったと思うがね」

「では、オールの代わりに何か板きれでも使って、沖の方へ漕ぎ出すことはできたでしょうか」

「そりゃまあ、行こうと思えば行けないことはないが、沖まで出れば、まず戻ってはこれんだろうな。流氷がゆっくり漂っているように見えても、実際はかなり潮の流れがきついんだ。うっかりすれば根室の方まで流されるか、逆に知床《しれとこ》へ連れて行かれるかもしれん。もちろん、その途中で沈むのは間違いないがね」

「それは、たとえばしっかりしたオールを使ってもですか?」

「同じことさ」

老人の言葉には、自らの経験に裏付けられた重みが感じられた。

果たして犯人は、そんな危険を冒してまで、ボートで死体を沖合まで運んだりするだろうか。しかも、事件があったのは夜だから、真っ暗な海に向かって漕ぎ出さなければならなかったのだ。犯人にとっても命がけ、というよりも自殺行為に近いかもしれない。

だが、ともかくも、そのボートが放置されていた小屋を見に行ってみることにした。

「貴重なお話、どうもありがとうございました」

朝倉は丁重に礼を言って老人と別れ、砂浜の上を歩き始めた。

その小屋は、かつては漁師が作業するのに使っていたようで、軒に網や浮き玉などが吊されていた。しかし、放棄されて久しいらしく、どこもかしこもすっかり傷みきっている。近いうちに積雪の重みで潰れるか、波に土台を崩されるかしそうだった。

ボートが置かれていたという場所はすぐに分かった。小屋の周辺には草が伸びているが、軒下の一ヵ所だけ、楕円形《だえんけい》に草むらが薄くなっていたからだ。

朝倉は地面に片膝をつき、辺りをじっくりと観察した。しかし、小さな蟹《かに》が逃げていくのを目にした他は、何も発見できなかった。

しばらくして諦めた朝倉は、膝に付いた砂を払いながら立ち上がろうとした。

と、そこで、朝倉は砂に刺さった何かに気付いた。ぱっと見は、小さな貝殻の欠片《かけら》のようだ。しかし、慎重に摘み上げて観察すると、それはパールピンクの付け爪であることが分かった。

その瞬間、朝倉の脳裏にある光景が蘇《よみがえ》った。

それは、警察署で百花の遺体を目にしたときの記憶だ。あのとき、朝倉は遺体に違和感を覚えて、その正体を確かめるため隅々まで観察した。そして、違和感を引き起こした原因が、遺体の指先にあることに気付いた。

黒石家の屋敷で、千歳に向かうという百花を見送ったとき、彼女のきれいな形の爪はパールピンクに塗られていた。ところが、遺体の爪には何も塗られておらず、しかも嚙《か》み癖があるかのように、ボロボロになっていたのだ。つまり、百花は普段から付け爪を使っていたというわけだ。

その時点では、さほど重要な情報とも思えなかったのだが、今こうして付け爪を発見したとなると、全く意味合いが違ってくる。やはり、百花はこの場所で殺害され、そして死体はボートで沖合に運ばれたのだ。

この重要な発見を核として、記憶の隅に残っていた幾つかの事実が次々と結びついていく。朝倉は無意識のうちにその場でぐるぐると歩き回り、頭の中で一つの仮説を組み上げた。

そうか、そういうことだったのか。もしこの推理が正しければ、遺体が流氷に載っていた謎が解けたことになる。

朝倉は急いで携帯を取り出し、タクシーを呼んだ。一刻も早く屋敷に戻って、仮説を裏付ける証拠を得なければならない。

斜面を駆け上がって国道へ出ると、目印として伝えておいた大井ホテルまで歩いた。

自分の推理に興奮し、気持ちが逸《はや》っていたため、タクシーがやってくるまでの十分ほどが焦れったいほど長く感じられた。直線道路のずっと向こうにタクシーの影が見えると、待ちきれずに自分からそちらへ走り出す。

やがて目の前まで迫ったタクシーがゆっくり停車したとき、朝倉の携帯が鳴り始めた。取り出して画面を確認すると、高市からの電話だった。朝倉はタクシー運転手に少し待ってくれるよう身振りで頼み、電話に出た。

「高市さん、どうかされましたか?」

「ああ、朝倉さん。実は、警察から司法解剖の結果について連絡がありましてね、急いでお伝えしておいた方がいいかと思い、お電話したんです」

「何か新しい事実が分かったんですか？」

「ええ。……三翠宝玉の一つが見つかったんです」

「え？　どういう意味でしょう。司法解剖の結果の話ではないんですか？」

「いえ、司法解剖の話です」

高市はそう答えると、困惑したような声で、

「百花ちゃんの遺体を解剖した結果、胃の中から勾玉が出てきたんです」

と告げた。

3

横浜駅で根岸《ねぎし》線に乗り換えた千鳥は、空いたシートに腰を下ろすと、小さく溜め息を洩らした。時刻は正午を三十分ほど過ぎたところで、車内は比較的空いていた。

やがて電車が発車すると、体に振動が伝わってきて、千鳥は微かな嘔吐感を覚えた。一つ小さな空咳をして、ハンカチで口元を抑える。今日の横浜は二月とは思えない暖かな陽気で、一昨日、北海道から帰ってきたばかりの千鳥からすれば、暑いと感じられるほどだった。額や首筋ににじむ汗が不快だ。

全く、どういうつもりでこんなものを渡そうとしたのだろう。

千鳥は苛々しながら、ハンドバッグの口から先端を覗かせている封筒を見下ろした。一体どんな大事なものを渡されるのだろうと身構えていたのに、入っていたのは訳の分からない開発関係の資料だった。当事者からすれば重要な意味があるのかもしれないが、千鳥からすればチラシの類に等しい。

こんなもののために他の約束を断ったのかと思うと、ますます苛立ちが募った。

いや、苛立ちの本当の原因は、気温でも書類でもなかった。家を出る前に急いでビールを一本空けただけだったので、そろそろ酔いが覚めてきているのだ。

自分がアル中になりかけているのではないか、という不安は、当然千鳥にもあった。しかし、幾らなんでもそこまでひどい状態ではない、という気持ちもある。

千鳥が口にするのは美味《おい》しいお酒ばかりで、たまに道端で見かける、コンビニを出るなり日本酒のワンカップを一気飲みするような手合いとは全く違うのだ。飲む機会が多いのはお酒好きの友人が多いせいだし、昼からアルコールを口にするのは、二日酔いの辛さを軽減するためだ。決して酒に呑まれているわけではない。

石川町《いしかわちょう》駅に到着してホームに下りた千鳥は、もう耐えきれないほどに気分が悪くなっていた。駅から自宅マンションまで、タクシーで五分ほどの距離だが、それだけでも我慢できそうにない。

千鳥は女子トイレの個室に入ると、バッグから小振りなコーヒー用水筒を取り出した。急いで蓋《ふた》を開けて、中身を喉に流し込む。入れてあったのは濃いウィスキーの水割りで、熱い感触が食道を流れ落ちていった。

やがて胃袋の辺りがぽわっと温かくなり、あれだけひどかった吐き気がすっと治まってきた。更に二口、三口飲んでから、ほっと満足の息を吐いて、水筒をバッグにしまった。

トイレを出た千鳥は、改札を通ってタクシー乗り場に向かった。二、三人が列を作っていたが、最後尾に並んで待つ間も、先ほどまでのように苛立つことはなかった。

ふと、前に並んでいるサラリーマンが手にした新聞に目が留まった。オホーツク海で女性の絞殺死体発見、という記事の見出しが目に付く。そんな物騒な事件が起きていたとは知らなかった。もっとも、今のような生活を始めてから、世間のことにほとんど関心が無くなり、新聞もニュースサイトもまるで見なくなったので、それも当然なのだが。

事件といえば、自分宛に送られてきたあの脅迫状は何だったのだろう、と千鳥は思いを巡らせた。受け取ったときはぞっとして、思わず屋敷から逃げ出していたが、こうして遠く離れた場所で思い返してみると、何だか現実味が感じられなかった。どうしてあんなに震え上がったのだろうと、自分でも不思議なくらいだ。

もしかしたら、あの手紙の送り主は風子だったのかもしれない。今となってはそんな気がしていた。

風子は昔から、しゃれにならない悪戯《いたずら》を平気でやる子だった。その度に、トワや百花にこっぴどく叱られたのだが、泣いて反省して見せても、翌日にはけろりとしてまた同じような悪戯を繰り返した。父親の十吾が、風子が何をやらかしても決して怒ることはなく、むしろ一緒になって笑っていたせいで、余計に増長してしまったのかもしれない。

そうだ、やっぱり犯人は風子だ。今では千鳥はそう確信していた。きっと屋敷のどこかに隠れて、千鳥が慌てて出て行く様を眺め、けらけらと笑っていたに違いない。

全く、あの子ったら。怒りを覚えるより、むしろ呆《あき》れてしまう。苦笑さえ浮かべる余裕があるのは、やはり脅迫状の正体が分かったことでほっとしていたからだろう。

やがてタクシーの順番が回ってきた。車に乗り込むと、マンションの場所を伝える。

シートにもたれて、ぼんやりと窓の外の景色を眺めるうち、千鳥は何か体の不調を感じ始めた。唇や舌の辺りが痺《しび》れてきたのだ。

ちょっと飲み過ぎてしまったのだろうか、と千鳥は思ったが、不安を感じたわけではなかった。こういうときは、更にもう少し飲めば、逆に不調が消えるものだ。

だが、口に加えて、手足までが痺れ始めたときには、さすがに千鳥も平静ではいられなくなってきた。どうしたのだろう、自分の体に何が起きているのだろうか。

思いつく可能性としては、食あたりだった。昨夜、居酒屋で口にした料理に、何か悪いものがあったのかもしれない。

どんどん体調が悪化していく中で、タクシーはマンションの前に到着した。千鳥は急いでお札を運転手に渡し、釣りはいいと告げて車を降りた。

とりあえず、部屋に戻ったらトイレで吐いてしまおう。それで少しは楽になるはずだ。このまま二日も三日も寝込むようなことにならなければいいのだが。

エントランスホールを横切り、かなり痺れてきた手で苦労して鍵を取り出し、オートロックを解除する。扉を通り抜けてエレベーターに乗り込んだ。

自宅のある七階に着いたときには、信じられないほどに具合が悪くなっていた。目眩《めまい》がして足に力が入らず、壁に手をつきながらよろよろと廊下を進んでいく。

途中で発作的に嘔吐してしまって床を汚したが、もう構っている余裕はなかった。

一歩一歩、這いずるような気分で前に進み、どうにか自宅の前に辿り着く。最後の力を振り絞って鍵を外し、ドアを開けた。

だが、千鳥はついにそこで力尽きてしまった。前のめりに廊下へ倒れ込むと、もう起き上がることはできなかった。

呼吸が苦しくなり、喉がぜいぜいと鳴る。遠くなってきた意識の中で、体がけいれんを起こしているのを感じた。

自分はこのまま死んでしまうのだろうか。

その考えに恐怖を覚える前に、千鳥の意識は闇の中に呑み込まれていった。

4

朝倉は午後五時五十分の便で新千歳空港へ飛んだ。そこから電車を乗り継いで日高門別に向かったのでは到着が深夜になるので、長距離だがタクシーを使うことにした。その辺りの料金は自腹で払っても構わないのだが、調査にかかった費用は後で請求するようにと高市からは言われている。

一時間半ほど車に揺られ、黒石家の屋敷に着いたときには午後八時半となっていた。

北棟に入ると、奈月と高市が揃って出迎えてくれた。朝倉は一旦ゲストルームへ上がって荷物を下ろし、リビングルームに向かった。

「どうもお疲れ様でした。済みません、調査を任せっきりにしてしまって」

奈月が改めてねぎらってくれる。屋敷に戻ってゆっくり休めたのか、顔色は良くなっていた。

「それで、どうしましょう。まずは朝倉さんの調査結果を伺いましょうか。それとも、私の方から先に報告しましょうか?」

高市が言った。

「では、先に司法解剖の結果を教えてください」

「分かりました」

高市は頷き、手帳を取り出しページを捲った。その間に、美代子がコーヒーを運んできてくれたので、朝倉は軽く挨拶を交わした。

「……まず、司法解剖の結果、遺体の胃の中から三翠宝玉の一つが出てきたことは、電話で申し上げましたね。他に判明したのは、百花ちゃんが殺害されたのは最後に食事をしてから一時間前後が経過したときだったこと、血液中から睡眠薬の成分が検出されたこと、勾玉は生きているうちに呑み込んだらしいこと、などです」

「生きているうちに呑み込んだというのは、自らの意志でそうしたということでしょうか。それとも、犯人に無理やり押し込まれたとか?」

「口内に傷などはなかったそうなので、無理やり押し込まれたわけではないようです。しかし、たとえば犯人が刃物などで脅して呑み込むことを強要した、といった状況はありえますね」

「なるほど。……ちなみに、発見された勾玉はこの後どう扱われるんですか?」

「証拠品として警察に押収されたので、本来でしたら裁判が終わるまでは返却して貰《もら》えないのですが、黒石家にとって非常に重要な品ですから、早期の還付を要請するつもりです」

高市はそう答えながら手帳を閉じた。

「姉の胃から勾玉が発見されたことは、何を意味してるんでしょう?」

奈月が不安げな表情で尋ねてくる。

「さあ、僕にもまだ分からないんだ。何しろ、全く想定外の事態だったからね」

朝倉は率直にそう答えてから、

「ともかく、百花さんの事件が三翠宝玉の盗難と深く関係していることだけは確かだ。そして、僕の調査の結果も、その構図を裏付けるものになると思うんだ」

と前置きして、自らの調査結果を報告した。

真剣な眼差しでじっと聞き入っていた高市は、報告が終わると、

「……なるほど、百花ちゃんが小料理屋から海辺に呼び出され、そこで殺害されたというのは、司法解

剖の結果と一致する話ですね」

と納得したように言った。だが、すぐに小首を傾《かし》げて、

「しかし、犯人は何のために遺体をボートに載せて沖合まで運んだんです？　それに、その事実が三翠宝玉とどう関係してくるんでしょうか」

「その質問にお答えするには、もう一つ確かめなければならないことがあるんです。三十分もあれば済みますから、しばらくお待ちいただけますか？」

そう言って、朝倉は席を立った。

「どこへ行くんですか？」

慌てて奈月が尋ねてくる。

「屋敷の敷地内にある倉庫だよ」

「あの、私も一緒に行って構いませんか？」

「それは別にいいけど……」

「でしたら、三人で行きましょうか」

そう言って高市も立ち上がった。


三人はそれぞれ部屋に下がって上着を身につけ、玄関ホールで集合して建物を出た。高市が懐中電灯を二つ用意してくれたので、朝倉は一本を預かった。

倉庫への道程は、高市が先導してくれることになった。

「ところで、トワさんへの報告はもう済んだんですか？」

裏門を出たところで朝倉は高市に尋ねてみた。

「私の方から報告いたしました」

「さぞショックを受けられたでしょうね」

「表情には出されませんでしたが……ええ、ひどく気落ちされたようです」

「それに、お祖母様は悲しむだけじゃなくて、怯えていたみたいです」

奈月は足下に視線を落として言う。

「怯えるというと、例の呪いの話かい？」

「はい。お祖母様は、やっぱりあの言い伝えは本当だったと思っているみたいです。このままだと、更に犠牲者が増えるって……。朝倉さんはどう思いますか？」

その問いかけに、朝倉はしばらく考えてから、

「少なくとも、事件がこれで終わるとは思えない。このままいけば、過去に起きた惨劇が再び繰り返される可能性だってあるだろう。もちろん、僕としてはそうなるのを何としても防ぎたい。そのためにも、奈月さんには身の回りにくれぐれも注意してもらいたいんだ。……これは、高市さんにもお願いしたいことですが」

と言った。

奈月と高市は顔をこわばらせて、分かりました、と頷いた。

やがて前方に倉庫が見えてきた。入り口の手前まで来ると、朝倉は高市に声をかけて立ち止まってもらった。そして、一人で慎重に前に進み、ドアの周辺の地面を調べた。あれから倉庫に出入りした人間の足跡がないか確認したのだが、残念ながら昨日今日で雪が解けてしまっていて、雑草の生えた地面には何も痕跡がなかった。

ドアを開けて倉庫に入り、照明のスイッチを入れる。

蛍光灯に照らされた屋内は、一見すると先日と何も変わっていないように思えた。朝倉が奥へ進むと、奈月と高市も恐る恐る後に続く。

「……やっぱりそうだ、無くなっている」

ボートの陰を覗き込んだ朝倉は、ぼそりと言った。

「どうしたんです？」

高市と奈月が横から覗き込んでくる。

「三日前、僕が不審者を追ってここまでやって来たとき、ボートの陰に船外機が置いてあったんです。

電動式の小型のものだったんですが」

「それが無くなっていると?」

「はい。恐らく、持ち去ったのは百花さんを殺害した犯人でしょう。つまり、こういうことです。犯人は以前からここに船外機が放置されていることを知っていて、今回の犯行に利用することにしました。百花さんを標津町の浜辺で殺害した後、犯人は放置されていたボートに百花さんの死体を載せます。その上で、運んできてあった船外機をボートに取り付け、舵を固定して沖に向けて走らせたんです。犯人の計画では、沖合まで出てしまえば、ボートは潮に乗って遠くへ流された後、死体ごと海に沈むことになっていたんでしょう」

「なるほど、犯人の本来の目的は、死体を隠蔽《いんぺい》することだったんですね」

「誤算だったのは、例年より早く流氷が南下していたことです。ボートは自ら沈む前に流氷に激突し、死体をそこへ残してしまいました。要するに、流氷に遺体が載っていたのは、犯人にとっては不運な偶然の結果だったというわけです」

「しかし、そうなると、犯人は以前からここに船外機があることを知っていた人物、ということになりますね」

高市は慎重な口振りで言った。

「ええ。倉庫には鍵がかかっていませんでしたから、屋敷の住人、あるいは美術館の関係者であれば、誰でも中を覗くことができたでしょう」

「待ってください。でも、その場合、一番怪しいのは例の不審者ということになりませんか?」

奈月が慌てて言った。

「もちろん、今のところはあの男が一番の容疑者と考えるべきだろうね。家政婦さんたちの証言によれば、以前から敷地の中をうろついていたようだから、何かの拍子に倉庫に忍び込んだとしても不思議じゃない」

「絶対そうですよ、やっぱりあの男が犯人なんです」

奈月は強い口調で主張した。

今の段階では、そう断定するのは早計に思えたが、朝倉はあえて反論しなかった。奈月にしても、本心では、誰が犯人であってもおかしくないと分かっているはずだ。

「それともう一つ、報告しておくことがあります」

朝倉はしゃがみこんで、床の一点を指差した。

「前回、この倉庫に入ったとき、ここに大きな黒い染みがあったんです」

しかし、今では床の染みはきれいに処理され、何の痕跡も残っていなかった。

「僕はそれが血痕ではないかと疑ったんですが、その時点では盗難事件とは無関係だと思い、放置しておきました。しかし、こうして処理されているところを見ると、やはりあれは血の染みだったようです。船外機を持ち出す際に血痕に気付いた犯人は、残しておけば不利な証拠になると考え、消していったんだと思われます」

「その血痕は、百花ちゃんの事件と何か関係があるんでしょうか」

「分かりません。百花さんは絞殺されていましたし、そもそも事件の前から血痕があったわけですから、直接の関係はないかと思いますが……ともかく、今は何もはっきりしたことは言えませんね」

それ以上、倉庫の中で確認することはなかった。

朝倉たちは最後にもう一度室内を見回してから、明かりを消して倉庫を後にした。

三人は来たときと同じく、高市を先頭に立てて北棟に引き返したが、途中で奈月がふと思い出したように、

「そういえば、私の方からも朝倉さんに報告するこ

とがあったんです」

と言った。

「何だい?」

「百花姉さんの事件があってから、私、急に風子姉さんのことが心配になってきたんです。だって、犯人が次に誰を狙うか分からないわけですから、風子姉さんが襲われる可能性だってありますよね? それで、行方を探す手がかりがないかと思って、風子姉さんの部屋を調べてみたんです。そうしたら、ゴミ箱にちょっと気になるものが入ってまして」

「今、それを持ってるのかい?」

「いえ、バッグの中に仕舞ってあるので、北棟に帰ったらすぐに見せます」

「分かった」

やがて北棟に戻り着き、高市は二人が追いつくのを待って玄関の扉を開けた。

建物に入って、朝倉がほっと肩の力を抜いた瞬間、

「ああ、みなさん!」

と甲高い声が降ってきた。玄関ホールの二階廊下から、美代子がこちらを見下ろしている。

慌ただしく駆け下りてきた美代子は、青ざめた顔をしていた。

「どちらへおいでになっていたんです? 随分お探ししたんですよ」

「何かあったんですか」

朝倉が尋ねると、美代子は唇をわなわなと震わせながら答えた。

「千鳥様が亡くなったそうです。つい先ほど、神奈川県警から連絡がありました」

第五章

1

二月二十一日、水曜日。

朝倉と奈月が搭乗した飛行機が羽田空港に到着したのは、午前十時三十五分だった。

到着ロビーで二人を待っていたのは一乃だった。姉を相次いで亡くして深い悲しみに沈む奈月を慰められるのは一乃しかいないと思い、朝倉が連絡しておいたのだ。電話で事情を話すと、一乃は一も二もなく出迎えを承知してくれた。

「奈月ちゃん」

「西条先輩……」

しばらく無言で見つめ合った後、ふいに奈月はぼろぼろと大粒の涙をこぼし始めた。一乃は奈月を抱き寄せて、耳元で何か囁く。

ここは二人きりにさせておこうと思い、朝倉は一人で離れたベンチに向かった。

十五分ほど経って、奈月たちが朝倉のもとへやってきた。

「済みません、お待たせしてしまって」

奈月が少し照れ臭《くさ》そうに言った。目が赤く腫《は》れてはいるが、先ほどまでの思い詰めたような雰囲気は消えていた。

「先生、これから横浜の加賀町《かがちょう》警察署へ行かれるんですよね？　私もお供しますので」

一乃が張り切った様子で言う。

「うん、よろしく頼むよ」

これからまた、奈月は遺体との辛い対面を控えている。一乃が付き添ってくれれば、奈月も心強いに違いない。本当なら、高市が同行してくれるのが一番よかったのだが、病床のトワでは混乱する本社や一族を抑えることができないため、やむを得ず北海道に残っていた。

電車で根岸線の石川町駅まで移動し、タクシーに乗って警察署に向かう。

署の受付で用件を伝えると、すぐに担当の刑事がやってきた。遺体の身元確認のために霊安室へと案内される。さすがに一乃はロビーで待機することになった。

千鳥の遺体はすでに近くの大学病院で司法解剖されており、遺体収納袋に納められていた。顔の部分のカバーが外されると、千鳥の顔が現れる。司法解剖を受けたせいか頭部に包帯が巻かれていたが、表情は穏やかと言っていいほどだった。奈月は息を詰めて遺体の顔を見つめてから、姉に間違いはありません、と証言した。

身元確認の後、奈月は事情聴取を受けることになった。朝倉が同席を求めると、意外にあっさりと許可してもらえた。

二人は刑事課の取調室に通された。殺風景な部屋でパイプ椅子に座って待つうちに、刑事が二人入ってくる。一人は机を挟んで奈月と向き合い、もう一人は壁際の机に座った。

「ところで、捜査本部に白石《しらいし》警部はいらっしゃいますか?」

事情聴取が始まる前に、朝倉は尋ねてみた。白石は、以前朝倉が関わった殺人事件で現場の指揮を任されていた人物だ。もし今回の事件も白石が担当しているのなら、色々と融通を利かせてくれるかもしれない。

刑事たちはやや戸惑ったように顔を見合わせてから、

「白石警部というと、捜査一課の？」

「ええ、そうです」

「あんた、知り合いかね」

「少しご縁がありまして」

「そうか……いや、だったら残念だが、今回の事件は白石警部の担当じゃないんだ」

あいにくの返答だったが、刑事たちが朝倉を見る目が少しは変わったような気がした。

被害者の家族への事情聴取ということで、刑事たちは色々と気遣いながら奈月に質問をしていった。やはり千鳥の交友関係の確認が主で、特に離婚した夫について詳しく尋ねていた。

当然ながら、刑事たちは百花の事件のことはまだ知らないようだった。こちらから事情を話せば、もちろん目の色を変えて食いついてくるだろうが、そうなれば奈月は長時間にわたって拘束され、繰り返し聴取を受けることになるだろう。それがどれだけ奈月の負担になるかを考えれば、できるだけ避けたい事態だった。いずれ警察が二つの事件の繋がりに気付いたときは、改めて高市が対応するとして、今の段階では、向こうから問われない限りは余計なことを喋らない、と事前に決めてあった。

一時間ほどかけて刑事の質問がひととおり終わったところで、

「こちらからも幾つか質問させてもらっていいですか？」

と朝倉は切り出した。

「それはまあ、我々が答えられることなら」

「ありがとうございます。では、亡くなった千鳥さんの死因は何でしょう？」

「司法解剖によれば、トリカブトによる中毒死と見られています」

「トリカブト、ですか」

「妹さんのお話では、千鳥さんは日中でもお酒を飲むことがあったそうですが、被害者のハンドバッグに水筒が入っていて、中身はウィスキーの水割りになっていました。その水割りにトリカブトが混入していたんです」

「それは、誰かに毒殺された、ということでしょうか」

「我々としては自殺の線も考えていたんですが、妹さんの話では動機に心当たりもないようですし、恐らく他殺で間違いないでしょう」

それから更に幾つか質問をして、千鳥の死体が発見されたときの状況も把握した。

鉄道の乗車カードの記録から、千鳥が直前に羽田空港国内線ターミナル駅へ行っていたことが判明していた。空港の監視カメラをチェックしたが、千鳥がそこで何をしていたのかまでは分からなかったそうだ。そして、羽田からの帰宅途中で千鳥は毒入りウィスキーを口にし、家に着いた直後に死亡したようだった。

死体を発見したのは同じマンションに住む友人だった。夕食の約束があったにもかかわらず連絡が取れなかったので、家の様子を見に行ったところ、玄関の鍵が開いていて、上がり口に千鳥が倒れていたのだそうだ。

警察は、千鳥は羽田空港で何者かと会っていて、その人物こそが毒物を入れた犯人だと見ており、目下空港で目撃者を探しているとのことだった。

「最後にもう一つだけ質問させてください。千鳥さんの死体から、勾玉は発見されませんでしたか?」

「勾玉?　さあ、そんなものは……」

刑事が小首を傾げていると、後ろの机に座っていた同僚が振り返り、

「あ、もしかしてあれじゃないですか。被害者のハンドバッグにジュエリーケースが入っていて、その中身がヒスイの飾りだったじゃないですか」

「ああ、あれか。確かに勾玉と言われたら、そんな形をしていたな」

「それを見せていただけますか?」

「別に構いませんが……ちょっとお待ちを」

刑事は席を立って部屋を出て行った。

今回もまた胃の中から発見されるのでは、と思っていただけに、刑事の答えは意外なものだった。一連の事件の中で三翠宝玉がどういう意味合いを持っているのか、ますます分からなくなってくる。

しばらくして、刑事はジュエリーケースを手に戻ってきた。革張りの手の平サイズのものだ。証拠品という扱いではないのか、保管に神経を使っている様子もない。

「さあ、どうぞ」

刑事からケースを受け取ると、朝倉はそっと蓋を開けて中身を確認した。

そこに納められていたのは、透き通るような濃緑の勾玉だった。前に写真で見た三翠宝玉と同じに見える。奈月も、じっと勾玉を見つめた後、朝倉に目を向けて小さく頷いた。やはり、これこそが三翠宝玉の一つであるようだ。

「……こちらを持ち帰ってもいいんでしょうか?」

朝倉はできるだけさり気ない調子で尋ねた。

「被害者の遺品を他にも幾つか預かっておりますので、証拠品として押収しているもの以外でしたら、受取証にサインしてもらった後、持ち帰っていただいて結構です」

刑事はあっさりと答えた。

それで事情聴取は終わり、指示されたとおりに手続きをしてハンドバッグなどの遺品を受け取った。千鳥の遺体を引き取るにはもう少し時間がかかるそうで、許可が下り次第、高市の方へ連絡してもらうことにする。

朝倉たちがロビーまで下りると、ベンチに座っていた一乃が待ちかねていたように近寄ってきた。

「もう終わったんですか?」

「ああ、これで帰ってもいいそうだよ」

「良かった。それじゃあ、まずは食事でもしながら一休みしましょうか。奈月ちゃんはどう? 食欲はある?」

「ええと、少しくらいなら食べられそうです」

「では、行きましょう」

三人は警察署を出ると、一乃の案内で店に向かった。

横浜スタジアムの横を通り、市庁舎前の通りを少し海の方へ進んでから、細い道に入っていく。その道中、朝倉は警察から聞き出した情報を一乃にも伝えた。

やがて、小さなビルに挟まれた一軒家のカフェにたどり着いた。北欧風の家具やインテリアで店内を飾った洒落《しゃれ》た雰囲気の店だ。

厨房の特製窯で焼き上げるグラパンが名物だそうなので、朝倉は海老《えび》とトマトクリームのグラパンを頼むことにした。一乃も牛すじチーズカレーのグラパンを頼み、更にデザートにケーキまで付けたが、やはり奈月はあまり食欲がないようで、ボルシチ風スープだけ注文した。

運ばれてきた料理は美味かったが、しかし、今はゆっくり味わっている余裕はなかった。一乃にしてもそれは同じだったらしく、一口二口食べたところで手が止まり、しばらく考え込む様子を見せてから、

「ところで、先生からのお電話では、亡くなった千鳥さんのもとにも脅迫状が届いていたんですよね?」

と尋ねてきた。

「ああ、そうだよ。奈月さんの元に届いたのと同じ文面だった。『マガタマヲカエセ』とね」

「もしそれが犯人から送られてきたものだったとしたら、犯人の目的は盗まれた勾玉を取り返すことになるわけですよね」

「まあ、そう解釈することもできるね」

「だとすれば、今回、千鳥さんのバッグに勾玉が残されていたのは変じゃないですか。どういう経緯で千鳥さんが勾玉を手に入れたのかは分かりませんが、犯人の目的がそれを奪うことなら、水筒に毒を混ぜた後、ずっと後を付けて千鳥さんが亡くなるのを待ち、それから勾玉を入手しなければいけないはずです。ですが、千鳥さんの部屋のドアは鍵が開いたままだったにもかかわらず、勾玉は手つかずだった。これってどう考えても理屈に合いませんよね。矛盾してると言っていいくらいです」

「うん、そのとおりだ。だから、僕も頭を悩ませてるんだよ。一体犯人の真の目的は何なんだろう、ってね」

「先生でも分かりませんか？」

「ああ、今のところはお手上げに近いよ」

朝倉がそう答えると、一乃は不安そうに奈月を見た。奈月はこわばった表情でうつむいている。

「ともかく、動機という一番肝心な部分が分からないままじゃ、犯人を探しようがない。現状で僕たちができるのは、これ以上の被害者が出ないよう手を尽くすことだけだよ」

朝倉は二人を励ますように声に力を込めて言うと、

「西条さん、もしできれば、しばらく仕事を休んで奈月さんに付き添ってもらえないかな。僕一人だと、奈月さんを付きっきりで守るといっても限界があるからね。君が奈月さんと同じ部屋で寝起きしてくれたら、それだけでも安心できると思うんだ」

「ええ、私もその覚悟でいました。ちょうど一通りの入稿作業が片付いたところでしたし。ただ、休みを申請するよりも、先生の取材に同行するという名目の方が通りやすいと思うんですが……」

「もちろん、僕の名前は幾らでも使ってくれていいよ」

「ありがとうございます。それなら編集長も駄目とは言えませんよ」

これで懸念の一つが解消され、朝倉はほっとした。

「先輩、私のために済みません」

奈月は頭を下げてから、

「だけど……朝倉さんって、そんなに高く評価されてるんですね」

と少し不思議そうに言った。

そこで朝倉は、奈月の前では無名の新人作家という立場だったことを思い出した。

「いや、その……編集長には個人的な貸しがあってね。えーと、そう、去年の忘年会で編集長が飲み過ぎて、階段で足を滑らせて腰を打っちゃったんだ。それで身動きができなくなったもんだから、僕が背負ってタクシー乗り場まで運んだことがあったんだよ」

「そうなの、先生がいなかったら救急車を呼ぶ騒ぎになったかもしれないし、編集長は本当に恩に着てるんだ」

一乃も急いで調子を合わせる。

「ああ、そういうことなんですね」

もしこんな作り話が編集長の武田の耳に入ったら、朝倉も一乃もただでは済まないだろうが、ともかく奈月は納得してくれたようだ。

「それからもう一つ、僕たちにはやるべきことがある。風子さんの行方を、できるだけ早く突き止めなくちゃいけない。彼女の身を守るためにもね」

「あ、そうですよね。きっと風子姉さんはまだ事件のことを知らないんだろうし、早く見つけて家に連れて帰らないと。千鳥姉さんの件で頭がいっぱいで、うっかりしてました」

奈月は焦りの色を浮かべて言う。

「昨日、倉庫から北棟に帰る途中で、風子さんの部屋のゴミ箱で何か気になるものを見つけたって言っていたよね。今でもそれを持ってるかな？」

「はい。バッグに入れっぱなしにしてあります」

奈月は急いでバッグを引き寄せ、中を探って一枚の紙切れを取り出した。一度丸めたものを伸ばしたように、くしゃくしゃになっている。

「……これは、ホテルの領収書、かな？」

紙切れを受け取り、朝倉はじっと眺めた。一月十日に青森市内のホテルに宿泊したようだ。

「美代子さんに聞いてみたんですけど、風子姉さんが青森へ旅行したという話は聞いていなかったそうです。いつもなら、風子姉さんがどこかへ旅行をしたら、お土産《みやげ》をくれたり写真を見せてくれたりしていたらしいんですが。そのことからしても、青森旅行を隠していたのは変だと思いますし、日付もちょうど姉さんが家を出る直前になってるので、何か関係あるかなと思いまして……」

奈月はそう言ってから、急に自信を無くしたように、

「でも、考えてみれば気まぐれに旅行をしただけかもしれないし、今どこにいるかの手がかりになんてなりませんよね」

「いや、青森という旅行先は、ちょっと気になるな」

「え？」

「この前、小野田さんから三翠宝玉に関係した資料を見せてもらったんだけど、その中に、青森県の三内丸山遺跡から日高産ヒスイの装飾物が発見された、って記述があったんだ。今の状況から考えて、風子さんが青森に偶然旅行したとは考えにくい。何

か三翠宝玉に関係した目的があったはずだ」

それを聞いて、一乃がさっと携帯を取り出し、領収書を覗き込みながら何かを調べ始めた。

「……このホテル、青森駅の近くにあるみたいですが、三内丸山遺跡も車で二十分とかからない場所にあるようです」

「よし、これから三内丸山遺跡に行ってみよう。そこに風子さんの行方を見つける手がかりがあるかもしれない」

朝倉がそう言うと、二人は揃って頷いた。

2

朝倉たちは一度それぞれの自宅へ帰り、雑用を済ませて旅支度を整え、改めて東京駅に集合することにした。午後五時二十分発の『はやぶさ29号』に乗って新青森駅に向かう。

奈月は勤め先にも顔を出し、事情を説明してプロジェクトから外してくれるよう頼んできたそうだ。社長と同僚たちは奈月に大いに同情して、一日でも早く仕事に復帰できるよう祈っている、と励ましてくれたという。

新青森駅に着いたのは午後八時四十分だった。三内丸山遺跡は現在、国の特別史跡として管理、整備されているらしく、ビジターセンターも設けられていた。その施設が開館しているのは午後五時までなので、今から行くには遅すぎる。今夜は青森市内で一泊して、明日、遺跡に向かうことにする。

新青森駅は、駅舎自体は近代的で立派な建物だったが、まだ周辺の開発が追いついていないらしく、住宅がまばらに並んでいるだけだった。朝倉たちはタクシーで青森駅方面まで移動する。

どうせなら風子が利用したホテルに泊まろうと考え、運転手にそちらへ向かうよう頼んだ。そのホテルは、全国でチェーン展開しているグループのもので、シンプルで個性はないが、真新しく清潔感があった。

　フロントでチェックインする際に、一応、風子のことを尋ねてみた。だが、やはり全国チェーンだけあってマニュアルがしっかりしているようで、他のお客様の個人情報は教えられない、とのきっぱりした答えだった。

　朝倉はシングルの部屋に、奈月と一乃はツインルームに泊まることにした。

「ところで、夕飯はどうします?」

　エレベーターで部屋に上がりながら、一乃が尋ねてきた。

「あの、私、ちょっと具合が悪くて食欲もないので、このまま部屋で休ませてもらっていいですか?」

　奈月が申し訳なさそうに言う。

「うん、もちろんだよ。先生はどうされます?」

「そうだな、外に食べに行こうかと思ってたけど、奈月さんを一人ホテルに残していくのも心配だから……」

「あ、私だったら大丈夫ですよ。さすがに犯人がホテルのドアを破って侵入してくる、なんてこともないでしょうし」

「まあ、そうだろうけど、念のためね」

　結局、ホテルの最上階に幾つか飲食店が入っていたので、そちらで夕食を取ることにした。

　自室に入って荷物を下ろし、少し休んでから最上階に向かう。エレベーターホールで待つうちに、一乃も上がってきた。

　最上階に入っていた店は三つ、一つはイタリア料理、もう一つは寿司屋で、旅の風情も何もない店構えだった。しかし、残りの一軒は郷土料理専門らしく、店内からは民謡も流れ出てくる。朝倉と一乃は相談することもなく当然のようにその店に入った。

メニューにあったのは全て青森の郷土料理ばかりで、その中から、貝焼き味噌、イカ飯、じゃっぱ汁、いちご煮といった、名は聞いていても口にしたことのない料理を中心に注文した。

さすがに地元の郷土料理だけあり、出てきた品はどれも本格的な味わいだった。決して派手な味付けではないが、新鮮な海の幸の旨味《うまみ》を見事に引き出している。いちご煮という、いかにもゲテモノめいた名前の料理が、実はウニとアワビを使った高級な吸い物だということを朝倉は初めて知り、その上品で濃厚な風味を堪能《たんのう》した。

朝倉たちは穏やかな雰囲気の中、ぽつぽつと言葉を交わしながら料理を楽しんでいたが、一本目のビールの中瓶が空き、店員にお代わりを頼んだところで、ふと一乃が口調を改めた。

「ところで、先生。風子さんのことなんですが」

「何だい？」

「あの、こんなこと、奈月ちゃんの前では言えませんけど、もしかして風子さんは既にどこかで殺されているなんてことは……」

「もちろんその可能性はあるだろうね」

朝倉はあっさりと認めて、

「明日にでも、風子さんの死体が発見されたと警察から連絡が来るかもしれない。それとも、こうやって僕らが行方を追っていくうちに、彼女の死体に行き当たることだって考えられる」

「そう、ですよね……」

一乃は沈んだ表情でうつむく。

「とはいえ、僕だって風子さんが生きているという望みをまだ捨てたわけじゃない。犯人の方でも風子さんの居場所が分からず、必死に探しているなんてケースも考えられる。その場合、こうして風子さんが青森を訪れたという手がかりを得た僕たちが、一歩リードしている形になるのかもしれない」

「はい、きっとそうですよ」

一乃は元気を取り戻して言った。

それからまた二人は静かに食事を続け、全ての料理をきれいに食べ終えた。まだほろ酔い程度だったが、酒の追加はせずに引き上げることにする。

それぞれの部屋に戻った後、携帯に一乃からSNSで連絡があり、奈月は静かに眠っている、という報告を受けた。やはり、こうしてこまめに無事を確認できるのはありがたい。

朝倉はシャワーを浴びて寝る支度をすると、少し早いがベッドに入ることにした。

と、そこで、携帯が鳴り始めた。一乃からの電話かと思ったが、画面に表示されていたのは高市の名だった。

「もしもし、朝倉です。どうかされましたか？」

「夜分に済みません。朝倉さんは今どちらにいらっしゃいますか？」

「それがですね、実は……」

朝倉は奈月とともに青森を訪れることになった経緯を手短に説明した。

「ほう、そうでしたか、風子ちゃんの行方を……」

高市は驚いたように言ってから、

「実は、こちらの方でも警察に色々と動きがありまして。中標津の捜査本部でも千鳥ちゃんの事件を把握し、百花ちゃんとの事件の繋がりを捜査し始めたようなんです」

「思ったより早かったですね」

「ええ。それで、警察の方から、黒石家の人々に事情聴取をしたいという申し出がありました。改めて事件の背景を調べたい、というのが建前ですが、実際は、黒石家の人々に疑いの目を向け、アリバイを詳細に確認するのが目的でしょう」

「遺産を巡った争いのことは、警察の耳に入っているんでしょうか？」

「恐らくまだだとは思いますが、私としても、いつまでもその辺りの事情を伏せておくわけにはいきませんので……」

「黒石家の顧問弁護士という立場で今後も警察と折衝していくのなら、下手な隠し事はしない方がいいと思いますね」

「私もそのように思っています。で、警察は奈月ちゃんからも話を聞きたがると思うので、青森での調査が済み次第、こちらへ戻ってきてもらえないでしょうか」

「分かりました、そうします。奈月さんはもう眠っているようなので、明日の朝、僕から事情を説明しておきましょう」

「よろしくお願いします。それでは、帰りをお待ちしていますので」

電話を終えると、朝倉はベッドの上に寝転がった。

今の話で神経が冴《さ》えてしまい、すっかり眠気が失せていた。無理に目を閉じても一向に寝付けそうになかったので、仕方なく起き上がり、備え付けのミニボトルを一本開けることにした。

翌朝、朝倉は部屋をしつこくノックする音で目を覚ました。起こしてくれたのは、朝倉の寝坊癖をよく知っている一乃だ。まだ午前八時で、頭がぼんやりしていたが、奈月も既に準備を整えて待っていると聞き、急いで身支度をした。

三人は二階のカフェレストランでバイキングの朝食を取ってから、ホテルをチェックアウトした。三内丸山遺跡の施設は午前九時に開館するので、そのままタクシーで向かう。

遺跡のビジターセンターは縄文時遊館という名で、ちょっとしたショッピングモールを思わせる大きな建物だった。壁一面がガラス張りになった近代的デザインで、遺跡という言葉のイメージとは対照的だった。しかし、エントランスホールへ一歩足を踏み入れると、そこでは巨大な縄文土器のモニュメントが迎えてくれた。

入館は無料ということなので、朝倉たちはそのまま中庭を囲む通路を進んでいった。

「この奥にある『さんまるミュージアム』というところにヒスイ製大珠が展示されているらしいですよ」

一乃がパンフレットを見ながら言った。

「よし、そこへ入ってみようか」

遺跡への入り口の前を素通りして、その先にあるミュージアムに向かった。

そこには縄文時代の風俗を再現した人形を始めとして、遺跡の出土品が大量に展示されていた。展示ケースを順に覗いて回るうちに、目的のヒスイ製大珠を見つける。

それは丸く加工されたヒスイで、中央には穴が空けられていた。縄文時代の装飾品だけあって、ごく素朴な印象を受ける。色合いとしては白と緑が混じり合っているような感じで、三翠宝玉とは全く別物のように見えた。

もし風子がこの施設を訪れたなら、間違いなくこの大珠を見ていったはずだ。そして、その後はどうしただろう。

「……受付で風子さんのことを聞いてみよう」

朝倉はミュージアムの入り口まで引き返した。

受付は無人だったが、通路を覗くと向こうから制服姿の職員がやってくるのが見えた。二十代くらいの女性だ。

「あの、済みません、ちょっとお伺いしたいんですが」

「はい、何でしょう」

「今年の一月十日に、この女性がこちらのミュージアムを訪れたと思うんですが、ご記憶にありませんか？」

朝倉は風子の画像を携帯に表示させ、職員に見せた。

職員はじっと画像を見つめてから、

「……済みません、覚えていませんね」

「では、こちらの施設で、たとえば出土品について問い合わせなどがあったとき、応対される方はいらっしゃいますか？」

「はい、主にボランティアガイドか解説員の者が対応しておりますが」

「その中で、特にヒスイについて詳しい方などは？」

「ヒスイですか？　うーん、それでしたら阿部《あべ》さんかなあ……」

「その方にお会いできますか？」

「ちょっとお待ちくださいね」

職員は受付の内線電話でどこかに問い合わせてくれた。

「……阿部は所用で席を外しておりまして、十五分ほどお待ちいただくことになりますが、構いませんか？」

「ええ、もちろんお待ちします」

ミュージアムの入り口で待ち合わせる約束をしてから、しばらくどこかで時間を潰すことにした。

「えーと、せっかくだから遺跡の方も見てみます？」

一乃の提案に従って、朝倉たちは遺跡への入り口に向かった。

トンネルのような通路を抜けた先には、広大な平原が広がっていた。その奥に復元された当時の建物が並んでいるのが見える。竪穴式住居《たてあなしきじゅうきょ》、高床式の掘立柱《ほったてばしら》建物、そして一際目《ひときわめ》を引くのが、高さ十五メートルはあろうかという巨大な櫓《やぐら》のような建造物だった。もし調査目的で訪れたのでなければ、じっくりと見物して回りたいところだ。しかし、遺跡をざっと見回しただけで、朝倉たちはビジターセンターへ引き返すことになった。

ミュージアムで待っていたのは、白シャツに紺のスラックスという姿の、初老の男だった。出土品に関係する作業でもしていたのか、服のところどころに土がついている。

「どうも、当施設で学芸員をしております阿部と申します。何かヒスイのことでご質問があるとか？」

「お忙しいところを申し訳ありません。実は、ヒスイのことというよりも、以前、ヒスイに関することで問い合わせてきた人間に心当たりはないか、お尋ねしたいんです」

そう言って、朝倉は風子の画像を見せた。

阿部は眼鏡を額に押し上げて、じっと画像を見つめた後、

「ああ、この人」

と声を上げた。

「ご存知なんですね？」

「正月明け早々でしたかな。確かに、この女性が施設にやってきて、ヒスイについてあれこれ質問していかれましたよ」

「具体的に、どんな質問だったか覚えておられますか？」

「いや、それが……」

阿部は苦笑を浮かべて、

「はっきりいって学術的な質問からはほど遠いものばかりでしたよ。日高産の純度の高いヒスイであればどれくらいの値段が付くのか、とか、歴史的価値のある装飾品はどういうルートで取り引きされているのか、とか、正直言って私には答えようがありませんでした。私は、あくまでも考古学的観点からヒスイを研究している者ですからね」

「なるほど、そうでしたか」

「そもそも、三内丸山遺跡から発掘された大珠は、一般に日高ヒスイと呼ばれていますが、その成分を分析したところ、実際にはヒスイと定義される鉱物ではないことが判明しているんです。確かに、日高で高純度のヒスイが採れたという話も聞いておりますけれど、それは当遺跡とはまるで無関係なものです。専門書でも混同されて語られることが珍しくありませんから、素人の方が勘違いされるのも当然でしょうが」

「はあ、それは知りませんでした」

「せっかくですから、その辺りのことを詳しく解説して差し上げようとしたんですが、どうもあの方は遺跡や出土品にはまるで興味がなかったご様子で、お連れの方と何やら相談された後、挨拶もそこそこに帰って行かれましたよ」

「連れ？　もしかして、彼女は一人ではなかったんですか？」

朝倉は驚いて尋ねた。

「ええ、若い男性と一緒でした。雰囲気からして恋人といった感じでしたが」

「若い男性……」

そこで朝倉の頭に閃《ひらめ》くものがあった。

「その男性というのは、金髪で顎髭を生やした、小鼻にピアスを入れた人でしたか？」

「まさにそのとおりです」

朝倉は啞然《あぜん》としてしまい、しばらく次の言葉が出てこなかった。

「先生、その人を知っているんですか？」

「……ああ、心当たりがあるんだ」

訝しげな一乃にそう答えておいて、

「ありがとうございます、大変参考になりました。またしても学問とは縁遠い質問ばかりしてしまい、失礼しました」

と阿部に丁重に頭を下げた。

建物を後にした三人は、バスの停留所に向かった。施設から青森駅までシャトルバスが運行されているそうだ。

「朝倉さん。さっき学芸員の方が仰っていた、姉の連れの男性というのはもしかして……」

奈月が口にするのをためらうように言った。

「うん。先日、美代子さんが北棟の裏で見かけた不審者と同一人物だと思う」

「不審者、ですか?」

一乃が首を傾げたので、朝倉はあのときの騒動のことを簡単に説明した。

「へえ、そんなことがあったんですね。でも、その不審者が風子さんの恋人だったということは……どういうことなんでしょう?」

一乃の問いかけに、朝倉はすぐには答えなかった。

これまで朝倉は、どうにかして風子が新たな犠牲者になることを防ぎたいとしか考えていなかった。既に犯人の手にかかっている可能性を覚悟しながらも、今ならまだ間に合うのではないかと望みを繋いできた。だが、屋敷に出没した不審者と風子に繋がりがあるとすれば、これまでとは全く別の見方をしなければならないのかもしれない。

「……奈月さん、君にとっては残酷な話かもしれない。だけど、事件がこうして現在も進行中である以上、現実から目を逸らすわけにはいかないんだ。だから、あえて言わせてもらうよ。もしかしたら、風子さんは犯人側の人間なのかもしれない、とね」

「……ええ、そうですね」

すでに覚悟を決めていたように、奈月は目を伏せて頷いた。

「そんな、でも、これまで殺された二人は、風子さんにとってもお姉さんになるんですよね?」

一乃が狼狽《ろうばい》した様子で言う。

「だけど、今の状況からすれば、姉妹だからこそ殺意を抱くということもあり得るんだよ。何しろ、姉妹が一人減れば、それだけ自分が受け取る遺産が増えるんだからね。それも半端な額じゃない、全て合わせれば数十億という資産を巡っての話なんだ」

「それは分かりますけど、でも……ねえ、奈月ちゃん。風子さんって、お金のためなら何でもするような人なの？」

「私の知っている風子姉さんは、あまのじゃくだったり、わがままだったりしたけれど、お金に目がくらんで家族を殺すような人じゃなかったと思います」

奈月はそう言ってから、苦悩するように眉をひそめ、

「でも、朝倉さんが仰ったように、現実から目を逸らさずに考えれば……絶対にあり得ないとは言い切れないのかもしれません」

と答えた。

一乃は同情のこもった眼差しを奈月に向け、その肩にそっと手を置いた。

朝倉はそんな二人の姿を眺めながら、あくまでも冷徹に、

「一つだけ確かなのは、三翠宝玉の盗難に風子さんが関わっていた、ということだ。というよりも、彼女が盗んだ犯人だと断言していいのかもしれない。施設の職員にあんな質問をしたのは、手に入れた三翠宝玉を売り払ってお金に換えようとしていたから、としか考えられないからね」

と告げた。

ちょうどそのとき、シャトルバスがやってくるのが見えた。

「ともかく、まずは日高町へ帰ろう。警察が事情聴取をしたいそうだけど、僕らも向こうから何か情報

を聞き出せるかもしれない」

3

青森空港から新千歳空港まで飛び、そこから電車とバスを乗り継いで、日高門別に帰り着いたときには午後六時二十分になっていた。

その道中、奈月と一乃は色々と話し込んでいたが、朝倉はずっと無言のまま思案に沈んでいた。風子こそが三翠宝玉を盗んだ犯人だったという事実は、今まで深い霧の向こうに隠れていた事件の全体像を、おぼろげながら浮かび上がらせてくれた気がした。

駅まで迎えに来てくれていたのは美代子だった。美代子と一乃が初対面の挨拶を交わした後、美代子の軽自動車に乗り込んで屋敷まで連れ帰ってもらった。

屋敷の駐車場には、見慣れない車が一台停まっていた。

「あれ、刑事さんの車なんです」

美代子がそう教えてくれる。現在、三人の刑事が北棟のダイニングルームを拠点として、黒石家の人々に事情聴取を行っているそうだ。

「私もこの数日のことを根ほり葉ほり聞かれましたよ。まるで私が嘘《うそ》を吐いているみたいに、同じ質問を何度も繰り返して。何でしょう、あの人たちは私を疑っているんですかねえ」

美代子は憤懣《ふんまん》を抑えるような口調で言った。

「刑事というのは、誰に対してもそんな質問をするものですよ」

朝倉はそう言って美代子をなだめた。

四人が北棟に入ると、すぐに高市が出迎えてくれた。

「お疲れ様でした。ひとまず、私の部屋へどうぞ」

高市は刑事たちの耳を気にするように、低い声で言った。

二階にある高市の部屋は、ベッドと机の他は最低限の事務用品を置いてあるだけで、何の飾り気もなかった。高市は机の椅子に座り、朝倉たち三人はベッドの縁に並んで腰かけた。

まず奈月が一乃を高市に紹介し、それから本題に入る。

「聞き込みに来ている刑事たちの責任者は、中標津でも顔を合わせた山守警部補です。彼は、あのとき三翠宝玉の件を聞き流したことを上から叱責《しっせき》されたのか、屋敷に到着するや否《いな》や、真っ先に社を調べに行きましたよ。警報装置についても念入りに確認し、盗難は身内の犯行である可能性が高い、という結論に至ったようです。我々としては、目新しい話ではありませんがね」

高市は苦笑を浮かべてそう言ってから、

「他に、遺産相続の内容を巡って家族の中で口論が起きたことも、事実として伝えておきました。ですから、朝倉さんも奈月ちゃんも、その辺りの事情を警察に聞かれたときは、下手に隠そうとせずに知る限りのことを素直に話してください。警察は既に我々を容疑者として見ていますから、疑いを招くような真似はできるだけ避けた方がいいでしょう」

「現時点で事情聴取を受け終わった人は分かりますか?」

朝倉は尋ねた。

「私を始めとして、早苗さん、崇くん、美代子さん、通いの家政婦二人と大奥様の介護人、それから小野田さんも事情聴取を受けました。残るは奈月ちゃんと朝倉さんだけ、ということになりますね」

「僕も容疑の対象になっているんですね」

「面倒に巻き込んでしまって申し訳ありませんが、後ほど刑事さんたちから呼ばれることになると思います」

「お祖母様も事情聴取を受けたんですか？」

奈月が心配そうに尋ねた。

「いや、さすがにそれは遠慮してもらったよ。あれからまた体調不良が続いていて、ずっと床につかれたままだからね。それに、ほぼ二十四時間介護人が付きっきりだったわけで、アリバイを確認するまでもないんだし」

「警察としては、やはりアリバイを重視しているようですか？」

朝倉がそう確認すると、高市は頷いて、

「最初の事件は十八日の夜に標津町で起きていて、二つ目の事件は二十日に横浜で起きています。となると、犯人は長距離移動のために多くの時間を必要としたはずで、その分、アリバイ確認がしやすいと判断したようです」

「ちなみに、みなさんのアリバイについて、高市さんは把握されているんでしょうか？」

「ええ、弁護士として、事情聴取に立ち会わせてもらいましたのでね。山守さんには相当煙たい顔をされましたが」

そう言って高市は手帳を取り出した。

「……警察が確認したのは、十八日の午後七時、それに二十日の午後一時のアリバイです。どちらも被害者の死亡推定時刻だそうです。まず、通いの家政婦二人に関しては、十八日の夜はどちらも自宅で家族と過ごしていて、二十日は朝に出勤して母屋で家事をこなしていました。まあ、この二人についてはは、山守さんも形だけの事情聴取をしたような感じでしたね。それと、介護人の方についても、どちらの時間も大奥様の側でお世話をしていたことがはっきりしています」

そこで高市はまた手帳のページを捲り、

「次に美代子さんですが、十八日の午後八時頃に、厨房で朝倉さんの夕食を用意したと言っていますが、これに間違いはありませんね？」

「ええと……はい、間違いありません」

「では、後に刑事さんから事情聴取を受ける際、その旨を証言してあげてください。……それから、美代子さんの二十日の昼のアリバイですが、母屋へ行って家政婦のお二人と昼食を取ったそうで、これも既に裏付け証言を得られています」

朝倉の証言で完全に嫌疑が晴れれば、美代子もさぞほっとするに違いない。

「小野田さんについては、十八日は午後二時に苫小牧で美術館関係の人物と打ち合わせをしています。その後は自宅へ直帰したとのことですが、これは裏付けとなる証言をしてくれる人間はいないようです。また、十九日の夜からは、再び出張で札幌に赴いていまして、二十日の朝八時頃に現地でやはり美術館関係者と会っています。その後、電車で根室まで向かったそうで、夕方の四時に根室駅で知人と合流して、一緒に学会へ出席しています。これで一応アリバイは成立しているはずですが、警察も念のため裏付け捜査をするそうです」

「早苗さんはどうでしたか？」

「彼女の場合、アリバイははっきりしています。十八日の午後六時から苫小牧で友人たちと食事をしていますし、二十日は午前十時から美術館に出勤し、夕方まで外出していません。ただ、早苗さんの場合はそれでいいとして、崇くんの方がちょっと……」

「アリバイがないんですか？」

「十八日の夜は一人でドライブをしていて、十一時頃に帰宅したと言うんですが、それを証言してくれるのは早苗さんだけなんです。二十日に関しても、午後二時頃に美術館の館長室に顔を出して早苗さんと話をした、というのが崇くんの主張でして、やはり証人となるのは早苗さんだけです。私としては早苗さんが嘘を吐いているとは思いませんが、警察からすると、母親の証言というだけでは疑問符を付けざるを得ないようです」

「ねえ、奈月ちゃんは大丈夫なの？　ちゃんとアリバイを証言してくれる人がいる？」

一乃が不安になったように言った。

「私は……」

奈月は表情を曇らせてしばらく考え込み、

「残念ながら、アリバイがない状態かもしれません。十八日は、午後二時頃に朝倉さんと一緒にお祖母様に会いに行った後、離れに籠もってずっと一人で作業をしていましたから。翌朝、北棟の厨房で美代子さんに会うまで、誰とも顔を合わせていないんです」

「二十日は？」

「中標津から高市さんと車で帰ってきて、屋敷に到着したのは午前八時頃です。その後、お祖母様に事件のことを報告してから、離れで夕方まで寝ていました」

「そうなんだ……」

「そういう事情ですから、警察に疑われたとしても仕方ないと思います。その覚悟で、事情聴取に臨むつもりです」

奈月がそう言うと、高市が急いで、

「いや、奈月ちゃん、それを言うなら私にだってアリバイはないんだ。十八日は午前中に本社の会合に出席した後、ホテルに籠もってずっと書類作りをしていたし、二十日は奈月ちゃんと別れて自宅に帰ると、午後まで寝ていたからね。だから、アリバイがないというだけで不当に容疑者扱いさせたりはしないから、安心して欲しい」

と励ますように言った。

「ところで、高市さん。僕の方からも報告することがありまして」

朝倉はそう言って、青森での調査の結果を伝えた。

「……風子ちゃんとあの不審者が？」

それだけでも高市は動揺の色を見せたが、更に、風子こそが三翠宝玉を盗んだ犯人である可能性が高いことを説明すると、

「そうですか、まさかとは思っていましたが……」

と顔色を失って絶句した。

朝倉はしばらく高市の表情を窺い、少し気が静まるのを待ってから、

「どうでしょう、このことを警察に伝えますか？」

「そうですね……朝倉さんはどう思われますか？」

「話を聞けば、捜査本部はただちに風子さんの行方を探すでしょう。警察の組織力なら、僕たちが地道に痕跡を辿っていくよりも、よほど効率的な捜索が行われるはずです。ただし、その場合、指名手配とまではいかないまでも、重要参考人として風子さんの名前が広く喧伝《けんでん》されることになるのは避けられません。そうなれば、ただでさえ世間から注目を浴びている事件ですから、この屋敷もマスコミによって取り囲まれるという状況も覚悟する必要があります」

「……確かに、そのとおりですね」

高市は思い悩むように額を手で押さえ、しばらく考えた末に、

「済みません、今すぐ決断を下すには難しすぎる問題のようです。どうかもうしばらく、私に検討の時間をいただけませんか？」

と苦しげな声で言った。その顔には深い疲労のしわが刻まれており、トワの代理人として高市がどれほどの重責を負わされているのか、まざまざと見て取れる気がした。

「では、少なくとも今夜のところは、警察には伏せておくということですね？」

「お願いします」

「分かりました、そのようにします」

そのとき、部屋のドアがノックされた。どうぞ、と高市が応じると、ドアが開いて美代子が顔を覗かせた。

「お邪魔して申し訳ありません。刑事さんたちが、奈月様たちがお帰りになったことに気付いたようで、さっそくお話を伺いたいと言ってきまして。先に奈月様から呼んで欲しいと頼まれたんですが……」

「分かりました、いま行きます」

奈月はそう応じて立ち上がると、

「では、また後ほど」

と朝倉たちに挨拶して、高市と共に部屋を出て行った。

「奈月ちゃん、大丈夫ですかねえ」

「高市さんが付いていてくれれば大丈夫さ」

不安げな一乃に、朝倉はそう答えると、ゲストルームに移って旅の荷物を下ろすことにした。

奈月の事情聴取は、やはりアリバイがないという点が影響したのか、二時間近くにわたる長いものになった。しかし、高市の立ち会いのお陰で、刑事たちから強圧的に問い詰められるということもなかったようだ。

一方で、次に呼ばれた朝倉の場合は、三十分とからずあっさり終わった。十八日のアリバイは美代子の話によって裏付けられているし、二十日についても、標津町の不動産会社社長の柴田への聞き込みで、正午頃に会社の応接室で朝倉と対面した、という証言を既に得ていたからだ。

「黒石家に雇われて盗まれた家宝を探していた、という事情は考慮しますがね、こうして殺人事件にまで発展した以上、今後は余計な真似は慎んでもらえますか」

山守は最後にそう釘《くぎ》を刺して、朝倉を解放してくれた。

刑事たちともう少し話し合いをするという高市を残し、朝倉は一人でゲストルームまで引き上げた。

「先生、どうでしたか?」

部屋で待っていた一乃と奈月が迎えてくれる。

「うん、僕の場合はアリバイがはっきりしていたし、ごく形式的な事情聴取だったよ」

「朝倉さんまで疑われることがなくて、よかったです」

奈月はほっとした顔だった。

「ところで、今夜から奈月さんはゲストルームの寝室で西条さんと一緒に寝てもらいたいんだけど、いいかな? 次の犯人の狙いが分からない以上、離れに寝泊まりするのは危険すぎるからね」

「はい、そうします」

「先生はどうされるんです?」

「リビングルームのソファを使わせてもらうよ」

「済みません。私のために……」

「いいんだよ。僕はわりとどこでも眠れる質だからね」

申し訳なさそうな奈月に、朝倉は笑って答えた。

「それで、警察への対応はこれで一段落ついたとして、先生はこの後どう調査を進めるおつもりですか?」

「早苗さんに会って話を聞こうと思ってるんだ。考えてみれば、もしこれが遺産を巡っての事件であるなら、早苗さんだって当事者の一人なんだからね。彼女がどういう立場に置かれているのか、慎重に探ってみないと」

「確かにそうですね」

「早苗さんが部屋にいるのかどうか、美代子さんに聞いてくる」

朝倉はそう言い残して部屋を出た。一階に下りて厨房を覗いてみると、美代子は刑事たちに出したお茶の湯飲みを洗っているところだった。

「早苗様ですか？　いえ、今夜はよそにお泊まりのはずです」

「どこへ行かれたんですか？」

「さあ、どこか近場のホテルだと思いますが。何でも、同じ屋根の下に警察が居座っているかと思うとリラックスできないから、と言って出て行かれましたよ。事情聴取でさぞ嫌な思いをされたんでしょうねえ」

美代子は共感するように言った。

どこのホテルに泊まっているのかも分からない、というのでは今夜中に話を聞くのは無理だろう。明日、早苗が屋敷に帰ってくるのを待ち、話を聞きに行くことにする。

先ほどは、奈月を前にして露骨な言及は避けたが、百花と千鳥が亡くなり、遺産の相続者が三人となった今、朝倉は早苗にも強い警戒心を抱いていた。早苗と風子が裏で手を結んで遺産の山分けを企んでいる、という可能性だってあり得るのだ。奈月の身を守るためには、たとえ親族といえども油断はできなかった。

だが、そんな不安と緊張は決して顔には出さず、

「済みません、今夜はリビングで寝ることになったので、毛布を用意してもらえますか」

と美代子に頼んでから、朝倉は厨房を後にした。

第六章

1

翌、二月二十三日、金曜日。

午前十時を過ぎても早苗は帰宅せず、念のため美術館の方へ連絡してみると、すでに出勤しているとのことだった。ホテルから直接職場に向かったらしい。

一乃には北棟で待機していてもらい、朝倉は奈月とともに美術館に向かった。

受付で来意を告げると、職員はすぐに内線で連絡を取り、しばらくして小野田が応対に出てきた。

「これはどうも、ようこそいらっしゃいました。あいにくですが、館長はただいま来客の応対中でして、しばらくお待ちいただいてよろしいですか?」

「どのくらいかかりそうですか?」

「そうですね、三十分もあれば済むかと思いますが」

それを聞いて、朝倉は奈月と顔を見合わせた。一度屋敷に戻って出直して来るには中途半端な時間だ。

「もしよろしければ、美術館の中を観覧しながらお待ちいただくのはどうでしょう。私がご案内しますので」

「それは、僕としてはありがたいんですが……」

「朝倉さん、せっかくだからお願いしましょうか。私でしたら、何度見て回っても飽きることはないですから」

奈月がそう勧めてくれたこともあって、朝倉は案内を頼むことにした。

まず最初に連れて行かれたのは特別展示室だった。今月は「浮世絵に描かれた蝦夷《えぞ》」というテーマの特別展を開いているようだ。東京に浮世絵専門の美術館があるそうで、そこから借り受けた作品らしい。

「有名なところで言うと、あちらが歌川国貞《うたがわくにさだ》、国芳《くによし》による作品になりますね」

小野田の解説によれば、アイヌ文化の中では写実的な絵を描くことは禁忌とされていたそうだ。そのため、多分に伝聞に基づくものではあっても、浮世絵師の作品は当時の蝦夷での暮らしぶりを知る上で貴重な資料になるらしい。

特別展は朝倉にとって物珍しく興味深いものだったが、しかし何と言っても圧巻だったのは、美術館の収蔵品を展示した常設展の方だった。

まず最初に目に飛び込んで来たのは、壁一面を覆うほどの油絵の大作だった。題材となっているのは、雪に閉ざされた利尻島《りしりとう》で、その厳しく雄大な姿を見事に描き出している。作者は、朝倉は初めて聞く名前だったが、北海道出身の画家だそうだ。

他に展示されている作品も素晴らしいものばかりで、三十分という制限の中で、駆け足で見て回るのがもったいなく思えた。以前、奈月が収蔵品のことを高く評価していたが、その言葉に間違いがなかったことが素人の朝倉にも分かった。

「こちらのほとんどの作品は郷土作家によるもので、小野田さんが北海道の各地に足を運び、一つ一つ探し集めてきたものなんですよ」

奈月が称賛するように言うと、小野田は少し照れたように笑って、

「こうやって自由にやらせていただいているのは、館長を始めとして黒石家の皆様のご理解のお陰だと感謝しております」

「小野田さんはこちらにお勤めになる前は何をされていたんですか?」

朝倉は尋ねてみた。

「東京の美大でしがない講師をしておりましてね。将来の見通しもなく半ば腐っていたところで、こちらの美術館が学芸員を探しているという話を聞いたんです。元々、私はこの土地の出身で、幼い頃によく母に連れてきてもらっていたので、黒石美術館には愛着がありました。それで、願ってもない話だと思ってすぐに応募したんですよ。幸い、父が黒石グループの経営する水産加工会社で働いていたという縁もあって、無事採用していただいたというわけです」

その縁は美術館側からしても幸運なものだったに違いない、と朝倉は思った。

第一展示室を回り終え、階段を上がって第二展示室に向かおうとしたところで、小野田が腕時計に目をやった。

「……もうそろそろ良さそうですね。館長室へご案内しましょう」

「そうですか、では」

せめて一通り見て回りたいところだったが、朝倉は素直に諦めて踵《きびす》を返した。

館長室は一階の職員用通路の奥にあった。すぐ近くに、直接外へ出られる通用口がある。

小野田がドアをノックすると、すぐに早苗の返事があった。

「館長、朝倉さんと奈月様がお見えです」

小野田はドアを開けて二人を部屋に通すと、一礼して去っていった。

部屋の中央には応接セットが置かれ、奥の窓際には大きなデスクが据えられていた。壁には書棚が並び、隣室に通じるドアがあった。

「あら、あなたたち、何の用かしら」

デスクに座っていた早苗は、冷ややかな顔で二人を見つめる。立って迎える気もないようだ。

「事件について、幾つか伺いたいことがありまして」

朝倉はそう言って、デスクの前まで進んだ。

「よしてよ、まだ警察ごっこを続けるつもりなの？　私はもう本物の方の相手でうんざりしてるのよ。くだらない質問ばかりされると頭が痛くなるから、さっさと帰ってちょうだい」

「そう仰らずに、少しだけお時間をください。それに、僕らの警察ごっこもそう捨てたものじゃありませんよ。警察がまだ知らない事実だって摑んでいるんです。たとえば、三翠宝玉を盗んだ犯人のこととか」

「本当なの？」

早苗は興味を惹かれた様子で、くるりと椅子を回して初めて朝倉と正面から向き合った。

「それで、誰なのよ、犯人は」

「恐らく、風子さんが犯人と見て間違いないかと」

朝倉は青森での調査の結果を説明しながら、じっと早苗の表情を観察した。もし、早苗が裏で風子と手を結んでいるのなら、どこかで不自然な反応を見せるはずだ。

「……へーえ、やっぱりね。そんなことじゃないかと思ってたの。三翠宝玉を盗み出すなんて大胆な真似ができるのは、姉妹の中でもあの子しかいないでしょうね」

早苗は口元に皮肉な笑みを浮かべて言う。その自然な表情は、もし演技だとすれば大した役者だと感心するしかない。

「ちなみに、このことはまだ警察には明かさないでくれと、高市さんに言われていまして」

「心配しなくても、私の方から警察に余計なことを言ったりしないわよ。そんなことしたって、感謝されるどころかまたしつこく質問攻めをされるだけだもの。……全く、私を犯人扱いするなんて、馬鹿なんじゃないの、あの連中」

早苗は憎々しげに言って、デスクを拳《こぶし》で叩いた。

昨夜、美代子も言っていたが、事情聴取でよほど不快な目にあったらしい。

「警察は、あなたを犯人と決めつけるような態度を取ったんですか?」

「そうね、『隠し事するとためになりませんよ』なんて芝居がかった台詞まで聞かされたわ。あれじゃあ、まるで尋問よ」

「どうしてそこまで疑われているんでしょう」

朝倉が言うと、早苗は鼻で笑って、

「白々しいこと言っちゃって。あなただってあの場に居合わせたじゃないの。トワ叔母様の遺言状を公開したとき、私と百花ちゃんが言い争ったっていう話が、警察はよっぽど気に入ったみたいよ。お金のことでちょっと揉めたら、それをすぐ人殺しに結びつけるなんて、幾らなんでも単細胞すぎでしょ」

「でも、あのとき、百花姉さんとどうしてあんなに険悪な雰囲気になったんですか?」

奈月がおずおずと言い出した。

「昔は、どちらかといえば、早苗さんと百花姉さんは気が合う方だったじゃないですか。少なくとも私たち姉妹の中では一番親しくしていたでしょう? それなのに、あんな大喧嘩《おおげんか》をするなんて、私びっくりしちゃって……」

「ふん、そうだったかしらね」

早苗は苛立たしげにそっぽを向いたが、すぐに横目で奈月を見て、

「……どうせ警察にも言ってあるし、隠すつもりもないから教えてあげるけど、この半年くらい、私はずっと百花ちゃんと冷戦状態だったのよ。この美術館の扱いを巡ってね」

「美術館がどうかしたんですか？」

「あの子、黒石グループの将来のためには、今のうちに不採算部門を処分しておくべきだ、なんて言い出したのよ。その槍玉《やりだま》に挙げられたのがこの美術館で、五年以内の閉館を考えるべきだ、って取締役会で提案したらしいわ。もちろん、他の役員からすれば寝耳に水で、はっきり言えば誰も相手にしてなかったんだけど、それでも本家の人間が言い出したことだから無視するわけにもいかず、どうにか取りなしてくれないか、って私に頼んできた人もいたわけ」

「ああ、取締役会がどうとか言っていたのは、そのことでしたか」

朝倉はあのときの口論を思い出しながら言った。

「最初は、私もできるだけ穏便に説得しようと思って、文化事業や地域貢献の意義を語ったんだけど、あの子ったら端《はな》から耳を貸そうともしないのよ。それどころか、千鳥ちゃんと風子ちゃんまで抱き込んで、強引に計画を進めようとしたくらいでね。だから、こっちもいい加減頭にきちゃって、一度口論になった後はずっと険悪な関係が続いていたの。そのことを説明したら、警察も納得して引き下がったけどね」

実際のところ、早苗はただ美術館長という社会的地位に執着しているだけに思えた。でなければ、小野田に運営を丸投げしたりしないだろう。しかし、本心が何であれ、それが百花との対立の原因であるのは確かなようだ。

「それじゃあ、遺産について姉と揉めたことはなかったんですね？」

奈月が更に尋ねると、早苗は不快そうに唇を歪めた。

「あなた、他人事みたいに言うけど、こっちこそ聞きたいわよ。遺産の分け前について、百花ちゃんの言い分に不満を覚えなかったの？　自分と妹たちの相続分が同額だってことに、百花ちゃんはあんなに文句を言ってたじゃない。このまま放っておいたら遺言書が書き直されて、自分の取り分が無くなるかもしれないって危機感を覚えなかった？」

「そんな、私は遺産になんて興味がありませんし……」

「はあ、そういう口先だけのきれい事、聞いてるだけでうんざりするわ」

　早苗はわざとらしく溜め息を吐いて言うと、ふいに底意地の悪い笑みを浮かべた。

「私からしても身内の恥になる話だし、今のところは警察にも言っていないけど、もしあなたの出生にまつわる噂話を聞かせたら、刑事さんたちも目の色を変えるでしょうね。そうなったら奈月ちゃんだって、今みたいに澄ました顔はしていられなくなるわよ」

「出生にまつわる噂話って、何ですか？」

　奈月は困惑したように尋ねた。

「あら、とぼけちゃって」

「本当に知らないんです」

「……へえ、じゃあ、本当に聞いたことがないのね。だったら、私も余計なことを言うのは止めておくわ」

「今更そんなこと言わないでください。私自身のことなんですから、知る権利があると思います。どうか教えてください」

　奈月は懸命に頼み込んだ。

　早苗もただ焦らして楽しんでいただけなのだろう、にやりと笑みを浮かべてから、

「そこまで言うなら教えてあげるけど……あなた、お父さんの十吾さんにあまり構ってもらえなかったって自覚はあるんじゃないの？　あれだけお姉さんたちを溺愛していた十吾さんが、あなたにだけはろ

くに興味を示さなかったのは、不思議だと思わない?」

「それは……私が産まれる少し前に祖父が亡くなり、跡を継いだ父が仕事に忙殺されて、家庭に目を向ける余裕が無くなったから、と聞いていますが」

「そりゃあ、花澄さんからすれば、娘にはそう言い聞かせるしかないわよね」

「他に理由があったとでも?」

「たとえば、あなたの父親は十吾さんじゃないかもしれない、なんて噂が耳に入ったとしたら、娘に対して素直に愛情を注ぐ気にはなれないんじゃないかしらねえ」

「まさか、そんな」

「別にDNA検査をしたわけじゃなし、事実はどうなのか知らないわよ。でも、当時そんな噂が親族の間で広まっていたのは確かなの」

「だったら、誰が私の本当の父親だって言うんですか?」

奈月が蒼白な顔で問い詰めると、早苗は残酷な笑みを浮かべて答えた。

「高市さんよ」

それを聞いて、奈月は呆然と目を見開いた。

「仕事にかまけてろくろく家にも帰ってこなかった十吾さんの代わりに、高市さんはよく花澄さんの相談相手になっていたわ。あの頃、花澄さんはちょっと精神的に不安定で、にこにこ笑っていたかと思うと急に泣き出したり、子供たちと一緒にはしゃぎ回っていたかと思ったら突然大声で叱りつけたり、私も横で見ていてはらはらしたくらいなの。そんな花澄さんを、高市さんは献身的に支えていたんだけど、ちょっとやりすぎじゃないかしら、と思うところもあったのよね。夜中に花澄さんの具合がおかしくなって、連絡を受けて高市さんが駆け付けてくるのはいいんだけど、そのまま二人きりで部屋に籠もって一時間も出てこない、なんていうんじゃねえ。周りに妙な噂が立ったとしても、仕方ないんじゃないかしら」

「……もし、昔、そんな噂話があったとしても、今回の事件には関係ないと思いますけど」

奈月はかすれた声で言う。

「さあ、どうかしら。少なくとも、私が刑事だったらこんな風に考えるかもしれないわ。高市という男は、自分の娘に全ての遺産を相続させるために、邪魔な姉妹を殺して回っているのかもしれない、ってね」

「……早苗さん、それ、本気で言ってるんですか?」

「まあ、怖い。そんな目で見ないでよ」

早苗は嘲《あざけ》るように言ってから、

「ともかく、警察が犯人を捕まえるまでは、私は誰に対しても気を許すつもりはないわ。高市さんにも、奈月ちゃんにもね。ついでに言えば、朝倉さん、あなたのことだって、本当は探偵なんかじゃなくて、殺しの手伝いをするために雇われたんじゃないか、なんて思ってるのよ。どう、想像力がありすぎるかしらね?」

「しかし、もしその想像が事実だったとしたら、人殺しの仲間とこうして密室で顔を合わせるなんて、危険なんじゃありませんか?」

朝倉が皮肉を込めて言うと、早苗は楽しげに笑って、

「それなら大丈夫。……崇、もういいわよ」

と隣室に繋がるドアに向かって呼びかけた。

少し間を置いて、ドアが開き、崇がのっそりと姿を現した。崇は顎の無精髭を撫《な》でながら、朝倉と奈月を見下ろす。

「ね、心配してもらわなくても、こうして頼もしいボディーガードがいつも側にいてくれるから安心

よ」

早苗は得意げに言うと、椅子から立ち上がって廊下へのドアを手で示した。

「さあ、そろそろ次の来客の時間だから、帰ってもらえるかしら」

奈月は暗い眼差しで早苗を睨んでいたが、挨拶もせずに身を翻《ひるがえ》してドアに向かった。

朝倉は、失礼します、と軽く一礼をして奈月の後を追う。

館長室を後にした奈月は、通用口から外に出た。内心の憤りを示すように、雪を踏みにじるような強い足取りで道を進んでいく。朝倉は無言でその後に続いた。

敷地を斜めに横切るように、幾つかの林を抜け、小道を進み、やがて前方に屋敷が見えてきたところで、奈月はぴたりと足を止めた。

ゆっくりと振り返った奈月の顔には、もう怒りの色は見えなかった。代わりに強い不安が表れている。

「……さっきの早苗さんの話、どう思いますか？」

「彼女の話が事実かどうか分からないんだから、まだ何とも言えないな。自分から疑いを逸らすため、口から出任せを言っている可能性だってあるんだしね」

「でも、もし事実だったら？　早苗さんの言うとおり、高市さんが私のために姉たちを殺したんだと思いますか？」

「いや、それは……」

「私、高市さんのことを、ときどき父のように感じていたんです。でも、それが本当のことで、こんな恐ろしい事件の発端になったんだとしたら……」

「奈月さん、落ち着いて」

朝倉は取り乱しかけた奈月の両肩を強く摑んだ。

「分かった、それじゃあこうしよう。そうやって疑心暗鬼で苦しむくらいなら、噂の元となる事実が本当にあったのか、調べてはっきりさせようじゃないか」

「どうやって？　高市さんに尋ねるんですか？」

「いや、本人を問《と》い質《ただ》したところで、事実を明かすとは限らない。それよりも、誰か当時の事情を知っている人を探して、話を聞いてみるべきだろうな。それでもし、そんな噂なんてなかったことが確かめられたら、あの嘘つき女のところへ行って水でもぶっかけてやればいい」

「……はい、そうですね」

奈月はやっと落ち着きを取り戻したようだった。

そして、照れたようにちょっと笑って、

「済みません、いつもいつも励ましていただいて。こんなに朝倉さんに甘えてばかりじゃしようがないですよね」

「気にしなくていいよ。何があっても君を守るのが、僕の役目だから」

「それは……仕事として依頼されたからですか？」

「え？」

「あ、いえ、なんでもありません」

奈月は顔を赤くして首を振ると、

「さあ、行きましょう。きっと西条先輩が心配して待ってると思いますから」

と言って、足早に歩き出した。

北棟に到着して玄関に入ると、音を聞きつけた一乃がリビングルームから飛び出してきた。

「どうでした、何か分かりましたか？」

「まあ、色々とね……ところで、中田さんはいるかい？」

「はい、さっきダイニングルームを掃除されてましたけど」

「それじゃあ、僕はちょっと中田さんに用事があるから、美術館での詳しい話は奈月さんから聞いてもらえるかな」

「はあ、分かりました」

二人はゲストルームへ上がっていき、朝倉はダイニングルームに向かった。

美代子はテーブルを念入りに拭き掃除しているところだった。

「あ、朝倉さん。見てくださいよ、煙草を吸うのは別に構わないんですが、こんなに灰をまき散らしちゃって。刑事っていうのは、みんなあんなに粗雑なものなんですかね」

「いやあ、人によるんじゃないですかね。それより、中田さんにちょっとお尋ねしたいことがあるんですが」

「何でしょう」

美代子は掃除の手を止め、顔を上げた。

「中田さんはこちらに勤めるようになって十年を超えたと仰っていましたが、それ以前にも、どなたか住み込みの家政婦さんはいらっしゃったんでしょうか」

「ええ、その頃はまだ母屋の方にも何人か身内の方がお住まいでしたので、二人の家政婦が住み込みで働いておりましたよ。そのうちお一人は、私と入れ替わるような形でお辞めになり、もうひと方も三年ほど後に引退されましたが」

「その二人と、今でも連絡は取っていますか?」

「残念ながら先にお辞めになった方はもう亡くなられていますが、後で引退された方とは、今でも年賀状のやり取りだけは続いております。横山久子《よこやまひさこ》さんという人で、八十を超えた今でもお元気だそうです」

八十歳を過ぎているということは、古くからの黒石家の内情にも詳しいだろう。噂の真偽についても確かなことを聞けるかもしれない。

「その横山さんはどこにお住まいですか?」

「恵庭《えにわ》市の方で息子さん一家と暮らしていますよ」

「お手数ですが、住所を教えてもらえませんか」

「別によろしいですけど……」

美代子は一度ダイニングルームを出て自室に向かうと、年賀状を一枚手にして戻ってきた。朝倉は礼を言って、そこに記された横山久子の住所をメモ用紙に書き留めた。

それから、朝倉がゲストルームへ上がると、一乃も奈月から話を聞き終えたところだった。

「絶対に嘘ですよ、そんなの。自分が疑われて不愉快な思いをしたものだから、八つ当たりで奈月ちゃんに嫌がらせをしたに決まってます。きっとそういう歪んだ性格をしているんですよ、その早苗って人は」

一乃は怒り心頭の様子だった。奈月の方が逆に、

「先輩、とにかく、朝倉さんが言っていたように、まずはそんな噂が本当に流れていたのかどうか確かめてからの話ですよ」

となだめているくらいだった。

「その調査について、中田さんからちょうどいい人を教えてもらったよ。以前この屋敷で働いていた横山久子という人が、今も恵庭で健在だそうでね」

「ああ、横山さんですか！」

奈月は声を上げると、久子について一乃に説明する。

「そういう方がいらっしゃるんなら、これからさっそく会いに行きましょう！」

一乃は勇み立った様子で言った。

朝倉たちは急いで旅の支度を整え、ゲストルームを出た。一階へ下りて、駅まで車で送ってくれないかと美代子に頼むと、快く承知してくれた。

駐車場まで行って、美代子の軽自動車に荷物を積み込んでいると、向こうから見覚えのある車がやってくるのが見えた。山守たちの車だ。

車は駐車場の前で停まり、山守と二人の刑事たちが降りてきた。

「これはみなさん、どちらへ行かれるんですか?」

「ええ、ちょっと恵庭市の方へ」

朝倉が答えると、山守は露骨に渋い顔をして、

「ほう、少し遠出をされるようですな。こんな事件の最中に、まさか観光でもないでしょうが」

「何か問題でもありますか?」

「あなたとそちらのお嬢さんは、どうぞご自由にというところですが、黒石奈月さんについては、勝手に出歩かれるのは少々まずいですね」

「奈月さんは逮捕されているわけでもないのに、警察に行動を制限されるというのはおかしくありませんか?」

「別に我々としても命令しているわけではありませんよ。ただ、捜査が円滑に進むように協力をお願いしているだけで」

「では、その要請を断ればどうなります?」

「不本意ながら、裁判所で令状を取り、奈月さんを勾留《こうりゅう》させてもらうことになるでしょう」

山守の目つきからすると、本気で言っているようだ。

「……朝倉さん、私は家に留まった方が良さそうですね」

奈月がそっと身を寄せて、不安げな声で言った。

「うん、そうしてもらおうかな」

朝倉は頷くと、一乃を手招きしてから、

「西条さんも屋敷に残って、奈月さんの側にいてあげてくれるかな。僕が帰ってくるまで、決して奈月さんを一人にしないように頼むよ」

「はい、任せてください」

一乃は表情を引き締めて応じた。

奈月の側を離れることに一抹の不安はあったが、日中は嫌でも刑事たちが付きまとっているだろう

し、どんなに遅くなっても今日中には帰ってこられるはずだ。

「それじゃあ、行ってくるよ。中田さん、よろしくお願いします」

朝倉はそう声をかけて、車に乗り込んだ。

2

屋敷の中であれこれ探り回っていた刑事たちは、夕方五時を過ぎた辺りで引き上げていった。百花や千鳥、風子の部屋などから色々なものを持ち出していたようだが、奈月にしても美代子にしても、それを咎《とが》める勇気は持てなかった。

高市は午後に一度屋敷に顔を出したが、札幌の本社で緊急の取締役会が開かれるということで、すぐに帰っていった。恵庭行きを巡って刑事と揉めたことを美代子から聞いていたらしく、去り際に、今は警察から睨まれるようなことは極力避けるように、と言い残していった。

これまでなら、高市が側にいてくれると安心できたが、今日はさすがに胸にわだかまりがあり、長く顔を合わさずに済んだことでほっとしたくらいだった。そんな奈月の変化に高市が気付いたかどうかは分からない。

午後六時になったところで、美代子が内線電話で夕食の支度ができたと伝えてきた。奈月はあまり食欲はなかったが、とりあえず一乃と共にダイニングルームへ下りていった。

「ところで、こんなことを申し上げるべきかどうか分かりませんが、先ほど、母屋の家政婦が帰宅する前に、ちょっと気になることを言い残していきまして」

美代子が料理を並べながら遠慮がちに言った。

「どんなことですか?」

「台所で出た生ゴミをコンポストへ捨てに行ったとき、敷地内の道に見慣れない車が停まっているのを目にしたそうなんです。スモークシートって言うんでしたっけ、窓から中が見えないようになっていて、近付いて覗こうとすると、逃げるように走り去っていったというんですが……」

「車のナンバーは分かりますか?」

一乃が尋ねると、美代子は小首を傾げて、

「さあ、そこまでは注意を払っていなかったと思います」

と答えた。

この前の不審者がまた現れたのだろうか、と奈月は不安を抱いた。まさか屋敷に押し込んでくるとは思えないが、朝倉が不在であることに改めて心細さを感じる。

すっかり食欲を無くした奈月は、料理の多くを残してしまった。一乃もあまり箸《はし》が進まなかったようだ。

食事が終わると、二人はすぐにゲストルームへ上がることにした。

階段も廊下もしんと静まり返っていて、暖房はちゃんと効いているはずなのに、どこか冷え冷えとして感じられる。今日も早苗親子は外泊しているのか、部屋の前を通っても人の気配がなかった。

ゲストルームに入ってドアに鍵をかけると、奈月は少しほっとした。まさか実家でこんな気分を味わうことになるとは思いもしなかった。

それからしばらく、二人は事件の話題は避けながらとりとめのない会話を続けた。しかし、やはりこの状況で話が弾むわけもなく、いつの間にか揃って黙り込んでいた。

奈月は何度も壁時計に目をやり、そろそろ朝倉から連絡があってもよさそうなものだと思ったが、携帯は一向に鳴らなかった。

午後八時半を過ぎたところで、美代子から内線電話がかかってきた。そろそろ風呂に入るようにと催促されたので、二人は少し相談してから、先に一乃が汗を流してくることになった。

「私が帰ってくるまで、部屋から出ちゃ駄目だよ」

そう言い残して、一乃はゲストルームを出て行った。

ふいに携帯が鳴ったのは、一乃が風呂に行ってから二十分ほど経ったときだった。何かメッセージが届いたことを知らせる着信音だ。

朝倉からだろうか、と奈月は急いで携帯を手に取る。だが、メッセージを開いた奈月は驚きに息が止まった。差出人の名が風子になっていたからだ。

風子姉さんが？　どうして急に？　奈月は混乱しながら、本文に目を通した。

『奈月助けて。午後十時に鵜川駅まで一人で来て。絶対に誰にも言わないで』

書かれているのはそれだけだった。携帯同士でやり取りするショートメッセージだったから、これが風子の携帯から送られてきたのは間違いない。

奈月は急いで時間を確認する。午後九時七分。この家から鵜川駅まで、車で急いでも四十分はかかる。指定の時間に間に合うためには、今すぐ出発する必要があった。

どうしよう、と迷ったのは一瞬だった。風子がどのような状況に置かれているのか分からないが、助けを求める姉を見捨てることなどできない。今となっては風子はただ一人残された姉妹なのだ。幼い頃、悪戯で泣かせてしまった奈月を、困った顔でなだめている風子の姿が脳裏に蘇った。

奈月は急いで外出の支度をすると、ゲストルームを出た。一乃に置き手紙を残すことも考えたが、絶対に誰にも言わないで、という風子の言葉を思い出し、止めておいた。

一階へ下り、厨房に入って戸棚の鍵入れの小箱を調べる。そこには美代子が車の鍵を入れているはずだった。鍵を見つけた奈月は、それをポケットに収めて玄関に向かった。

美代子の軽自動車に乗り込んだときには、九時十五分になっていた。急がなければならない。車をバックで駐車場から出すと、国道に向けて走らせた。

しばらく国道235号線を進んでから、日高自動車道に乗った。ひたすら西に向かって走るうち、助手席のバッグの中で携帯が鳴り始める。恐らく、風呂から上がった一乃が、奈月の姿が消えていることに気付いて電話してきたのだろう。心配をかけてしまい申し訳なく思ったが、今は電話には出られなかった。しばらくして携帯は鳴り止んだが、五分も経たないうちに再び着信がある。それも奈月は無視した。

鵡川ICで日高道を下りたときには午後九時五十分になっていた。懸命にアクセルを踏み込み駅を目指す。

午後十時ちょうどに、車は鵡川駅前に到着した。

車を降りた奈月は辺りを見回した。この時間、駅周辺は真っ暗で人の気配はまるでなかった。鵡川駅は無人駅で、上りの最終列車はとっくに出た後なので、駅舎内にも人影はない。

「姉さん」

奈月は辺りの闇に向かって、恐る恐る呼びかけてみた。だが、応じる声はなかった。

少し迷ってから、奈月は駅舎に入ってみることにした。

ドアを開けて建物に入り、中を隅々まで見て回った。しかし、そう広くもない空間の中に人が隠れられるような場所はなかった。

奈月は駅舎の中を通り抜け、ホームに出てみる。姉さん、と呼びかけながら左右を見回したが、やはり風子の姿はどこにも無かった。

困り果てて立ち尽くした奈月は、ふと、目の端に何か妙な影が映ったのに気付いた。上り方面へ二十メートルほど進んだ先の線路の上に、黒い塊のようなものがある。駅舎の光がぎりぎり届くかどうかという距離なので、目を凝らしてみてもよく判別できない。

一歩一歩そちらへ近付いていくうちに、やがてそれが倒れた人間の形をしていることが分かった。まさか、あれが風子だろうか。

「姉さん！」

呼びかけながらホームを走り、端まで着くと線路に下りた。その間、倒れた人影はぴくりとも動いていなかった。

人影まで辿り着き、助け起こそうと手を伸ばす。その瞬間、恐るべき事実に気付いた。

「きゃあああ！」

奈月は声の限り絶叫した。

人影は、ばらばらに切断された死体だった。無造作に人の形に並べてはあるが、手足が切り離されているのは明らかだ。

そして、こちらに横顔を向けている頭部。

風子姉さん、と呼びかけたつもりが声にはならなかった。その青黒く変色した顔は、間違いなく風子のものだった。

恐ろしさとショックで奈月は気を失いかけた。膝から力が抜けてくにゃくにゃと線路上に尻をつく。

どのくらい、呆然と風子の死体を眺めていただろうか。ふと、その手前の砂利敷きに何か落ちていることに気付く。ぼんやりと手を伸ばして拾い上げてみると、それは万年筆だった。

その万年筆には見覚えがあり、じっと観察するうち、奈月は再び衝撃を受ける。

まさか、そんな。追い打ちをかけるような恐ろしい事実に、かえって奈月は理性を取り戻した。万年筆をポケットにしまい、よろよろと立ち上がる。もしこの万年筆を見つけていなければ、すぐに警察に電話するところだったが、今はその前に確認しなければならないことがあった。

と、そこで、奈月は遠くに眩い光が現れたことに気付いた。訝しげにそちらを見つめるうち、その光が列車の前照灯であることに気付く。やがて、車輪が線路の上を走る振動が伝わってきて、見る見る列車が迫ってきた。

奈月はとっさに身を翻し、ホームへ駆け上がった。ほぼ同時に、列車の運転士も奈月と風子の死体に気付いたのだろう、耳をつんざくような警笛が鳴り響いた。急ブレーキの音も聞こえる。

奈月は逃げるように駅舎に飛び込み、中を走り抜けて外に出た。

駅前にはいつの間にか他に二台の車が停まっていた。先ほどの警笛と急ブレーキの音に驚いたのか、何人かが車から降りてきている。

奈月は顔を伏せながら足早に車に乗り込んだ。エンジンをかけるやいなや、車を急発進させる。

そこから、奈月の記憶は曖昧《あいまい》になっていた。まるで悪夢の中で懸命にもがいているように、真っ暗な闇の中でただ車のアクセルを踏み続けた。脳裏には風子のばらばら死体の様子が焼き付いていて、ときおりバックミラーの中にその姿が浮かび上がるような気がした。

そして、気付いたときには、いつの間にか屋敷の近くまで戻ってきていた。

ようやくアクセルをゆるめ、細い砂利道を慎重に進んでいく。

やがて前方に屋敷が見えてきたが、そこで奈月は車を停めてエンジンを切った。ヘッドライトが消えて暗闇に包まれると、ハンドルに額を押し当てて一つ深呼吸した。

屋敷に戻れば、きっと心配した一乃が玄関で待ち構えているだろう。これからどうすればいいのか、何が正解なのか、懸命に考えようとしたが、意識がぐるぐる空回りするばかりで何一つ答えが出てこなかった。

そのとき、ふいにこつこつと運転席の窓が叩かれた。奈月は弾かれたように顔を上げる。

途端に懐中電灯の眩い光を向けられ、奈月は思わず目を閉じながら顔を逸らした。

3

朝倉は真っ暗な車窓の外を見つめながら、先ほど、苫小牧駅で列車を待っている間に一乃からかかってきた電話のことを考えていた。

一乃の話によると、風呂に入っている間に奈月が姿を消してしまったそうだ。美代子に声をかけて一緒に屋敷中を探し回ったが、どこにもいなかったという。屋敷に誰かが押し入ったような形跡はなかったらしい。

混乱して今にも泣き出しそうな一乃に、落ち着くようにと繰り返し声をかけてから、自分が乗る列車は午後十時五分に鵡川駅に到着すると伝えた。そして、そこまで車で迎えに来るように頼んで、電話を終えた。その後、念のため朝倉も奈月の携帯に電話をしてみたが、虚しく呼び出し音が鳴り続けるだけだった。

一体、奈月の身に何が起きたのか、推測する手がかりがないため、嫌な想像ばかりが広がってしまう。

こんなことならば、横山家の人々の勧めを振り払ってでも早めに帰るべきだった、と朝倉は悔やんだ。横山久子は突然訪れてきた朝倉を迷惑がるどころか親切にもてなしてくれ、往時の黒石家の内情を詳しく教えてくれたばかりでなく、息子一家と夕食の席を囲むように勧めてくれた。朝倉は断り切れずにご馳走になったため、横山家を辞去したときには午後八時を過ぎてしまっていた。それでも、苫小牧発鵡川行きの最終列車に乗るには充分余裕があったので、朝倉も安心していたのだが。

鵡川駅に向かって走る列車のシートの上で、朝倉はじりじりと焦る気持ちを懸命に抑え続けた。

異変が起きたのは、もう間もなく鵡川駅に到着するというときだった。

突然、警笛が鳴り響いたかと思うと、列車に急ブレーキがかかった。朝倉の体は浮き上がり、向かいのシートにぶつかりそうになる。

車両が完全に停車すると、朝倉は恐る恐る立ち上がって通路に出た。他の数人の乗客たちもシートから転がり落ちていて、やや呆然とした顔で体を起こしていたが、怪我人はいないようだった。

朝倉は前方のデッキに出て、運転台に声をかけた。

「何があったんですか?」

「あ、あそこに人が……」

若い運転士はかなり動揺した様子で、前方の線路を指差した。そこには横たわる人影がある。

「飛び込みですか?」

「いや、最初から倒れていたみたいです。側にもう一人若い女がいたんですが、どこかへ逃げていきました」

それを聞いて、朝倉は前方に見える駅のホームを凝視したが、何者の姿も見つからなかった。

「様子を見てきますので、このままお待ちください」

運転士はそう言い残すと、列車のドアを開けて地上に降り立った。

朝倉は少し待ってから、運転士に気付かれないようそっと列車から降りた。これがただの列車事故とは思えなかった。この場所、このタイミングで発生したことに、ある種の予感を覚えていた。

前方を歩いていた運転士が、人影の側に辿り着いた。腰を屈めて呼びかけたかと思うと、途端に悲鳴のような声を上げ、線路端まで走った。そこでげえげえと嘔吐し始める。

その様子を見て、朝倉は一瞬ひるんだが、すぐにまた足を進めた。そこに倒れているのが奈月ではありませんように、と胸の内で懸命に祈る。

やがて人影の側まで来ると、朝倉もまた強い吐き気に襲われた。それが、ばらばらに切断された死体だと分かったからだ。しかし、込み上げてきた苦い液体をどうにか飲み下し、恐る恐る腰を屈めて死体の顔を覗き込んだ。

よかった、違う。これは奈月ではない。

朝倉はまずそのことに安堵した後、死体の顔に見覚えがあることに気付いた。少し考え、それが画像で何度も見た風子だということを思い出した。

朝倉は片膝をついて、手袋をした手でそっと死体の顔に触れてみた。かなり固くなっているが、死後硬直とも違う。半ば凍り付いているようだ。切断面の血は完全に固まり黒くなっている。

朝倉は日高本線の時刻表を思い出した。確か、上りの最終便は午後九時一分に鵡川駅を発《た》つはずだ。死体が線路上に置かれたのはそれ以降になるから、まだ一時間ほどしか経っていない。幾ら冷え込む夜だろうと、たったそれだけの時間で死体がここまで凍るとも思えなかった。

死体に向き直り、顔以外の部分を調べるうち、右手に何かが握り込まれていることに気付く。拳もまた半ば凍り付いていたが、人差し指をぐっと押し開くと、中に包まれているものが見えた。その透き通るような緑色の物体は、間違いなく三翠宝玉だった。これで、ついに三つ目の勾玉が発見されたことになる。

勾玉を持ち去っては警察の捜査妨害になってしまうから、このまま残しておくことにした。

他にも風子の死因などを知りたかったが、服の上から観察するだけでは、それ以上詳しい情報を得るのは不可能だった。

「あんた、何をしているんだ?」

背後から険しい声が飛んできた。運転士が朝倉に気付いたようだ。

「いえ、もし倒れた人に息があるようなら、救命処置を手伝おうと思ったんですが……」

朝倉は立ち上がって、そう弁明した。

「そうでしたか……残念ですが、もう手の施しようがありません。私はこれから指令所へ連絡してきますので、死体には手を触れないようお願いします」

運転士はそう言い残し、小走りに列車へ引き返していった。

運転台に上った運転士が無線連絡をする間に、朝倉はその場から立ち去ることにした。駆け付けてきた警察に捕まれば、事情聴取で朝まで拘束されることになるはずだ。

いつの間にか駅のホームには多くの野次馬の姿があった。近所の住人が騒ぎを聞きつけたのだろう。

朝倉は平然とした顔でホームへ上がり、駅舎に向かって進んだ。群衆を掻き分けて建物に入り、駅前に出る。

辺りを見回してみたが、一乃はまだ到着していなかった。最後に電話した時間を考えると、まだ二十分くらいは待つことになりそうだ。

駅舎前をうろうろ歩きながら待つうちに、パトカーのサイレン音が聞こえてきた。朝倉は急いで線路脇の物陰まで移動した。

やがて到着したパトカーは五台も連なっていて、降り立った刑事や制服警官たちが一斉に駅舎へ駆け込んでいく。その後も、増援のパトカーが次々とやってきた。

物陰に潜みながら、朝倉は強い焦りを覚えた。刑事たちがあの運転士に聞き込みをすれば、妙な男が死体を調べた後に黙って立ち去ったことを知るだろう。それに加え、死体の側から逃げた女まで存在するのだから、間違いなく周辺に検問を敷くはずだ。その前にどうにか逃れなければ。

いっそ徒歩で駅を離れようか、と迷い始めたところで、何となく場違いな一台の濃紺のスポーツカーがやってきた。駅舎前は警察車両で埋め尽くされており、スポーツカーは少し離れた駐車場に向かう。

そのスポーツカーが停車し、中から一乃が降りてきたのを見て、朝倉は一瞬呆気に取られた。だが、すぐに我に返ると、小走りに車へ近寄っていった。

「あ、先生」

「よく来てくれたね。急いでこの場を離れよう」

朝倉が助手席に乗り込むと、一乃も急いで運転席に戻った。

一乃はややぎこちないハンドルさばきで車をUターンさせ、駅前を離れた。

今にも検問する警察官が見えてくるのでは、と朝倉は手に汗を握っていたが、何事もないまま鵡川ICまで辿り着いた。車が日高道に乗ると、朝倉はほっとして肩の力を抜く。

「……この車はどうしたんだい？」

「実は、中田さんの車が駐車場から無くなっていたんで、代わりに百花さんの車を使わせてもらったんです」

「中田さんの車が？」

「はい。厨房に置いてあったキーが無くなっているそうなんで、たぶん、奈月ちゃんが無断で乗っていったんだと思いますが」

「そうか……だとしたら、あれはやっぱり奈月さんということになるのか」

「どういうことです？」

訝しげな顔をする一乃に、朝倉は先ほど線路上で起きたことを説明した。

「……そうですか、風子さんまで」

一乃は前方を見つめたまま沈痛な面持ちで言うと、

「それで、死体の側から逃げた女というのが、奈月ちゃんだって言うんですか？」

「彼女が屋敷から姿を消した時間、それに中田さんの車に乗っていったことから考えれば、間違いないと思う」

「でも、それが奈月ちゃんだったとしたら、どうしてその場で警察を呼ばずに逃げたりしたんでしょうか」

「その理由はまだ分からない。ただ、一つ言えるのは、恐らく奈月さんは犯人の罠《わな》にはまってしまったに違いない、ということだ」

「え、罠ですか？」

「前後の状況から考えれば、犯人は風子さんの名を騙《かた》って奈月さんを鵡川駅まで呼び出したんだと思う。そのとき、奈月さんは一人で来るようにと指示されたから、西条さんにも黙って屋敷を出た。きっと時間も午後十時頃と指定していたはずだ。それが下りの最終列車が駅に到着する時間だからね。そうやって、犯人は死体の側に奈月さんがいるところを運転士や他の乗客たちに目撃させようとしたんだ。奈月さんこそがばらばら死体を線路まで運んだ犯人だと警察に思わせるためにね」

「そっか、ただでさえ奈月ちゃんは警察に疑われてるんだから、かなりまずいですよね」

「山守警部補が連絡を受けて現場に駆け付ければ、

目撃者に奈月さんの写真を見せて回るはずだ。それで現場から逃げた女が奈月さんに間違いないと分かれば、すぐにでも逮捕状を取るだろう。もしかしたら、今頃、山守さんたちが乗ったパトカーも屋敷に向かって急行しているかもしれない」

朝倉の言葉を聞いて、一乃はどきりとしたようにバックミラーに目をやった。しかし、今のところ道路上に後続車を示すライトは見えなかった。

「……でも、死体が切断されていたのはなぜなんでしょう」

「そうだな……もしかしたら、犯人は非力な女性である、と警察に思わせるための細工かもしれない。たとえば、死体を車で移動させようとしたとき、犯人が男なら大した苦労もないだろう。しかし、犯人が女性なら、車に死体を運び込んだり下ろしたりするだけでも大変だ。だから死体をばらばらにして運びやすくしたんだ、と警察が解釈してくれるのを期待したというのはどうだろう」

「なるほど。それじゃあ、死体を線路の上まで運んだのはどうしてですか？」

「終電を残すだけの無人駅というのは、犯人にとって格好の舞台だったからだよ。自分が死体を運ぶ姿を目撃される恐れはないし、定刻になれば確実に目撃者が現れてくれるんだからね。しかし、ただ駅に死体を放置しただけでは、なぜわざわざそんなところへ死体を運んだのか、と警察も疑問に思うだろう。だから、線路の上まで移動させたことで、犯人は死体を列車に轢かせることによって事故死に見せかけようとした、と警察に思わせたかったんだ」

「そこまで考えているなんて……恐ろしい罠ですね、本当に」

「ともかく、一刻も早く奈月さんと合流して、警察への対応策を考えなくちゃならない。できるだけ急いでくれるかな」

「分かりました」

一乃は頷き、懸命な表情でアクセルを踏み込んだ。

4

奈月が意識を取り戻したとき、辺りは真っ暗な闇に包まれていた。

しばらく頭がぼんやりして、今どこにいて何をしているのか分からなかった。だが、体を起こした拍子に後頭部に激しい痛みが走り、それで意識がはっきりした。

そうだ、私は屋敷の近くまで帰ってきた後、指示された待ち合わせ場所に向かう途中で、待ち伏せしていた何者かに頭を殴られたんだ。

反射的に後頭部を手で探ると、ぬめぬめとした感触があった。かなり出血したらしい。

どれくらいの時間、私は意識を失っていたんだろうか。そう考えながら辺りを見回した瞬間、遠くで砂利を踏みつけるような音がした。しばらく耳を澄まし、それが頭上から聞こえてくることに気付く。

段々と、自分の置かれた状況が摑めてきた。気を失ったのはほんの一瞬のようだ。あのとき、暗闇の中で建物の陰から誰かが飛び出してきたのを気配で察し、反射的に身をよじったお陰で、振り下ろされた凶器の直撃を避けられたのだ。しかし、バランスを崩して転倒したせいで、高い段差から落ちてしまったらしい。それで重傷を負わなかったのは、運良く柔らかな場所に落ちたからだ。手探りの感触で、自分が重ねたタイヤの上にいることが分かった。

辺りが真っ暗なせいで、犯人も奈月がどこへ落ちたのか分からなくなったようだ。懸命に探し回っているような足音が聞こえる。

このまま息を潜めていればやり過ごせるだろう

か。そんな期待を持ったのもつかの間だった。頭上で明かりが灯るのが見えた。犯人は誰かに目撃されるのを覚悟の上で、懐中電灯を点けたらしい。

その明かりのお陰で、奈月の周辺の様子もぼんやりと浮かび上がる。右手にはさっき転落した三メートルほどの高さの壁があり、左手には倉庫らしいコンクリート製の大きな建物があった。十メートルほど前方には右手の壁を上がるための階段が設置されていた。

奈月はそっと足を伸ばしてタイヤから降りた。地面に足が着くと、そのわずかな衝撃でも後頭部に強い痛みが走った。呻き声が洩れそうになるのを懸命にこらえる。

この場所から外に通じているのは前方の階段だけだが、その先には犯人がいる。倉庫に入って隠れる場所を探すしかなさそうだ。

一歩進むごとに目眩と痛みを感じながら、奈月は建物の入り口に向かった。こちらの面は倉庫の裏手になるらしく、通用口らしいドアがついている。

もう少しでドアまで辿り着くというところで、ぱっとライトの光を浴びた。犯人に見つかってしまったのだ。次の瞬間、階段に向かって駆ける足音が聞こえてきた。

奈月は慌ててドアノブを摑んだ。幸い鍵が壊れていてドアは簡単に開いた。代わりに、中に入っても鍵をかけることはできない。

中は真っ暗で、恐々と手を伸ばすと左右に冷たい壁の感触があった。狭い通路になっているらしい。壁を伝ってともかく奥に進んだ。

何度かドアらしきものが手に触れたが、どれも鍵がかかっていて開かない。奈月は焦りと絶望を感じながら懸命に前に進んだ。

ふいに、奈月は壁にぶつかった。ひときわ強烈な痛みが頭を襲い、耐えきれずに悲鳴を上げる。一瞬気を失いかけたが、どうにか堪えた。

ここは袋小路だろうか。だとしたらもう逃げ場所はない。恐怖を覚えながら手を振り回すうちに、左手に壁が無いことが分かった。曲がり角になっていただけのようだ。

奈月が曲がり角の奥へ進もうとしたところで、後方でドアの開く音がした。ついに犯人がやってきたようだ。奈月が角に隠れるのと、懐中電灯の光が壁を照らすのがほとんど同時だった。

犯人に姿を見られただろうか。奈月は息を潜め、神経を研ぎ澄まして向こうの気配を窺った。

犯人がこちらへ真っ直ぐ突き進んでくる様子はなかった。途中のドアに奈月が潜んでいないか、一つずつ確かめながらこちらへやってきているようだ。

奈月は角から離れて、更に奥へ進んだ。懐中電灯の光がちらちらと曲がり角まで届くので、おぼろげながら前方の様子が確認できた。十メートルほど先の突き当たりにドアが見える。

もはや足音を忍ばせる余裕もなく、奈月は必死に廊下を進んだ。

やがてドアの前に辿り着くと、レバー状の取っ手を摑んだ。だが、どれだけ力を込めようと、レバーは微動だにしなかった。だめだ、鍵がかかっている。

背後から犯人の足音が聞こえてくる。絶望に包まれた奈月は、その場に崩れ落ちそうになった。

と、そのとき、少し廊下を引き返した場所にもう一つドアがあることに気付いた。壁がやや引っ込んだ場所にあったので分からなかったのだ。

奈月はそのドアに走り寄った。取っ手は閂《かんぬき》のような形をしていたが、がちゃがちゃと動かすとすぐに開いた。背後から駆け寄ってくる犯人の足音がする。重い鉄製のドアを引き開け、急いで中に飛び込んだ。ドアの内側のバーを摑んで必死に閉める。

すぐに犯人がドアを引き開けようとした。奈月は全力で踏ん張ったが、ドアはじりじりと開いていく。頭が割れるように痛むのに耐えながら、更に力を込めると、ドアの動きはやっと止まった。しかし、このままでは長くは持たない。

「……高市さん、高市さんなんでしょう？」

震える声で、ドアの向こうに呼びかけた。しかし、返事はない。

「高市さん、止めてください。どうしてこんなことをするんです？　ねえ、落ち着いて話し合いましょう」

奈月は懸命に呼びかけたが、やはり犯人は不気味に黙り込んだままだった。

再び、ドアが開き始めた。奈月の抵抗する力はもう尽きようとしている。

ドアの隙間が数センチに広がったところで、懐中電灯の明かりが微かに洩れ入ってきた。その光が、壁に立て掛けてあった棒を照らし出した。先端がフック状になった鉄製の棒だ。

更にドアが引き開けられていく中、奈月は一か八《か》かの賭けに出ることにした。最後の力を振り絞ってバーを引っ張り、犯人がそれに対抗して力を入れたところで、ぱっと手を離した。

抵抗を失ったドアが勢い良く開き、犯人が壁に激しく背中をぶつける音がした。大きな呻き声も聞こえる。

その隙に、奈月は再びドアを閉めた。手探りで棒を摑み、ドアのバーに差しむ。これでドアはロックされたはずだった。後はもう祈りながら待つしかない。

しばらくして、再びドアが引き開けられようとした。だが、狙いどおり棒が引っかかり、がちゃがちゃと音がするだけで、ドアは全く開こうとはしなかった。

犯人はなおもドアを開けようとしていたが、しばらくして諦めたのか、音が止まった。辺りが深い静寂に包まれる。

奈月はほっと息を吐き、ドアに背中を預けてその場にしゃがみ込んだ。この部屋に籠城していれば、いずれ朝倉や警察が捜索に来て発見してくれるに違いない。犯人から逃れきったことに安堵して、全身の力が抜けた。

ところが、その安らぎも長くは続かなかった。

数分ほど経ったとき、どこかでブゥンと不気味なうなり声のような音がした。ドアを通じて微かな振動が体に伝わってくる。

一体何事だろう、と不審に思ったとき、部屋に微かな明かりが灯った。天井の小さな非常灯が点いたのだ。真っ暗闇になれた目には、それでも眩しいくらいだった。

警戒しながら立ち上がり、部屋の中を見回した奈月は、ぞくりとした。

まさか、この部屋は。

恐怖に震え上がった瞬間、天井の送風口から冷気が吹き出してくる。

そう、この部屋は冷凍倉庫だった。壁に取り付けられた金属棚は空になっているが、以前は冷凍された商品が詰め込まれていたに違いない。

奈月は慌てて引っかけていた棒を引き抜き、ドアを開けようとした。しかし、犯人が外からロックしてしまったらしく、どれだけ押してもまるで動かなかった。

そうしている間にも、吹き出してくる冷気はどんどん強くなってきた。犯人の狙いは明らかだ。奈月をこの部屋で凍死させることに決めたに違いない。

以前、誰かから、冷凍倉庫は最大でマイナス二十五度まで下げられる、と聞いたことがある。もしそこまで温度が下がれば、一時間と生きていられないだろう。

早くも奈月の全身はぶるぶると震えだした。もはや部屋のどこへ逃れようと一緒だ。奈月はドアの脇に座り込んだ。

吹き出してくる冷気の音をぼんやりと聞きながら、奈月はコートのポケットを探った。風子の死体の側で拾った万年筆を取り出す。

拾ったときは、それが何かの勘違いであってくれと願ったものだが、今となれば素直に認めるしかなかった。その万年筆は、何年か前に、高市の誕生日に奈月がプレゼントとして贈ったものだった。

万年筆を眺めるうちに、意識が遠退いてきた。手から力が抜け、万年筆が床に転がる。

三人の姉たちもこうやって死を迎えたのだろうか、と奈月はぼんやり思った。

第七章

1

日高自動車道を日高門別ＩＣで下りたときには午後十一時を過ぎていた。

「そういえば、恵庭での調査の結果はどうだったんですか?」

今になって思い出したように一乃が尋ねてきた。

「久子さんの証言によれば、奈月さんは間違いなく十吾さんの子供だそうだよ」

「本当ですか?」

「当時、黒石家当主の座を継いだばかりだった十吾さんが、多忙でなかなか家にも帰れなかったのは事実らしい。同時期に花澄さんが情緒不安定になっていたのも本当だそうだ。ただし、高市さんが花澄さんの相談相手になっていたのは、十吾さんに頼まれたからだし、久子さんがいつも花澄さんの側に控えていたから、二人きりで会ったことなんて一度も無いと言っていたよ。まして、夜中に二人で部屋に籠もるなんて絶対にあり得ないと断言していたね」

「それじゃあ、変な噂が流れたっていうのも、早苗さんのでたらめだったんですか」

「いや、噂が流れたこと自体は本当らしい。当時、久子さんもそれを耳にして憤慨したそうだからね。ああいう旧家の親族というのは、なかなか底意地悪い人間が揃っていて、根も葉もない悪口を広げるのが得意なんだと言ってたよ」

「そうですか……とにかく、血の繋がりがないんなら、高市さんが奈月ちゃんのために姉妹を殺して回る、なんてことはなさそうですね」

一乃はほっとしたように言った。

そんな話をするうちに、車は黒石家の敷地に入った。

細い砂利道を車はかなりのスピードで走っていく。前方に森が見えてきて、すぐにその中に突入した。ヘッドライトが左右に流れていく木々を照らし出す。

そして、分かれ道を曲がって森を抜けたときだった。

「危ない！」

大きな影が道を塞《ふさ》いでいるのに気付き、朝倉は叫んだ。

一瞬遅れて一乃がブレーキを踏み込む。砂利を跳ね上げる音と同時に、車体がふわりと浮くような感じがして、ぐるぐると視界が激しく回った。急ブレーキで車がスピンしたのだ。

道を外れた車は、危うく木にぶつかる直前で停止した。もしぶつかっていれば、シートベルトをしていてもただでは済まなかっただろう。

「……済みません、先生、大丈夫ですか？」

一乃がもぞもぞと体を起こしながら言う。

「うん、怪我はないみたいだ。西条さんは？」

「私も大丈夫みたいです」

二人とも命があったことに感謝しながら、朝倉はシートベルトを外して車を降りることにした。

道を塞いだ影に近付いてみると、それは美代子の軽自動車だということが分かった。ここまで戻ってきたところで奈月が乗り捨てていったのだろうか。

ドアを開けてみると、車にはキーが刺さったままだった。

「西条さん、この車で屋敷まで戻ろう」

百花のスポーツカーは半ば雪に埋もれていて、助けを呼ばないことには動かせそうにもない。それに、美代子の車をここに残したままでは、また被害者が出るだろう。

二人は軽自動車に乗り込んで、今度は慎重な運転で屋敷に向かった。

駐車場に車を停めた後、二人は小走りで北棟に戻る。

玄関に入ると、すぐに美代子が厨房から飛び出してきた。

「お帰りなさいませ。奈月様は見つかりましたか?」

「いいえ、それが、中田さんの車がすぐそこに乗り捨てられていて、奈月さんの姿は見当たりませんでした。屋敷には戻ってきてないんですね?」

「はい。私はずっと厨房におりましたので、誰かが入ってくれば気付いたはずです」

「先生、奈月ちゃんはどこへ行ったんでしょうか?」

一乃は不安げに朝倉を見る。

「考えられるとすれば……彼女が戻ってくるのを犯人が待ち構えていて、どこかへ連れ去ったのかもしれない。犯人からすれば、奈月さんが警察に逮捕されるのは決して望ましいことじゃないはずだ。奈月さんに疑いの目が向くよう仕組んでも、警察が実際に取り調べれば、無実であることが明らかになる可能性は高いからね。そうなる前に、奈月さんを始末して死体を隠し、逃亡したように見せかければ、警察は彼女を犯人と見てずっと行方を探し続けるだろう」

朝倉の言葉に、一乃と美代子は青ざめた。

「……あ、そういえば、夕方頃に例の不審者がまた出現していたみたいなんです。ですよね、中田さん」

ふいに思い出したように一乃が言った。

「はい、はい。通いの家政婦が敷地内で見慣れない車を目撃しまして」

「やっぱりあいつが犯人で、奈月ちゃんを連れ去ったんでしょうか」

「いや、これまでに判明した事実から考えると、彼が犯人だということはあり得ないよ」

朝倉はきっぱりと言い切った。

「そう仰るってことは、もしかして先生はもう事件の真相が分かっているんですか?」

「いや、まだ分からないことが幾つか残っているんだ。彼に会って話を聞くことができれば、事件の鍵となる情報が得られるかもしれないから、どうにかして接触したいところなんだけど……」

朝倉はそう言って、しばらく思案してから、

「よし、西条さん。ちょっと手を貸してくれないか」

「はい、私にできることなら何でも!」

朝倉は一乃を従えて二階に上がり、風子の部屋に向かった。

風子の部屋は物が溢《あふ》れていて、一言で言い表すなら無秩序という言葉がふさわしいように思えた。ゴミだかビンテージ品だか分からない品物があちこちに置かれ、壁も様々なポスターで埋まっている。

朝倉はクローゼットを開けると、吊された上着の中からダウンジャケットを取り出し、一乃に渡した。

「まず、これを着てくれないか。それと、ショートカットに見えるように髪をまとめられるかな?」

朝倉は画像で見た風子の姿を思い出しながら言った。

「やってみます」

一乃はダウンジャケットを着ると、スタンドミラーで確認しながら髪を後ろで束ねた。机の上に落ちていたピンを何本か使い、髪の形を調節する。

「……これでどうでしょう」

「うん、これなら、遠目には風子さんのシルエットに見えそうだ」

そう言うと、朝倉は床に散らばった品をまたぎながら窓際に行った。厚手のカーテンを全開にし、レースカーテンだけの状態にする。もう一つの窓も同じようにした。これで、外で屋敷を監視している者がいれば、室内にいる人間の影を見て取ることができるだろう。

「西条さん、しばらく窓際でうろうろしていてもらえるかな。そう、部屋の住人が片付けをしているような感じで」

「分かりました。でも、何のためにですか？」

「あの不審者の男は、ずっと風子さんを探していたんだよ。だから、こうやって部屋に風子さんが戻ってきたように見せかければ、必ず姿を現すはずさ。それじゃあ、僕は建物の外で待ち伏せをするから、何か合図があるまでは、さっき言ったとおりの動作を続けてくれるかな」

朝倉はそう言い残して部屋を出た。

外で長時間待つことを考え、一度ゲストルームに入ってセーターをもう一枚重ね着しておく。マフラーも首に巻いた。

玄関から外に出ると、建物を回り込んで、風子の部屋の真下の辺りに身を潜めた。今になって気付いたが、厨房の勝手口はすぐ近くにあった。美代子が不審者を発見して騒ぎになったとき、もしかしたらあの男は壁をよじ登って風子の部屋へ忍び込もうとしていたのかもしれない。

屈んでしばらく待つうちに、厳しい寒気が衣服を通して染み入ってきた。多少の厚着をした程度では、とてもこの寒さを防げないようだ。しかし、今更屋敷の中に戻ることもできず、朝倉はじっと耐え続けた。

ふっと何かの気配を感じたのは、十五分ほどが経ったときだった。目には見えないが、闇の中で何かが動いているような気がする。

息を殺してじっと耳を澄ますうち、はっきりと足音が聞こえてきた。慎重に土を踏みしめながら近付いてくる者がいる。

やがて、闇の中から人影がぬっと現れた。厨房の窓から洩れ出す光が、その横顔をぼんやりと照らし出す。それは若い男で、ニット帽の下から金髪がはみ出ていて、顎には髭があり、小鼻にはピアスが光っていた。

「おい、風子」

男は二階の窓を見上げ、小声で呼びかけた。

しかし、一乃の耳には届かなかったのか、何の反応もない。

男が苛立ったようにもう一度呼びかけようとしたところで、朝倉は物陰から立ち上がった。

「君、あそこにいるのは風子さんじゃないよ」

「うわっ」

男は驚いて跳び上がった。一瞬、逃げ出すような素振《そぶ》りを見せたが、すぐに踏み止まって、

「……お前、誰だよ。あれが風子じゃないって、どういう意味だ?」

と警戒した声で言った。

「僕は奈月さんの友人だ。奈月さんは知っているだろう?」

「ああ、名前だけなら風子から聞いてるよ。妹なんだろ」

「申し訳ないけど、僕は君と話がしたくて、誘《おび》き出すための細工をしたんだ。風子さんの部屋にいるのは囮《おとり》になった別の女性さ」

「じゃ、じゃあ風子はどこにいるんだよ」

「残念ながら、彼女は殺されたよ」

朝倉がそう告げると、男は愕然《がくぜん》として目を見開いた。

「……嘘だ、そんなの嘘だろ?」

「いや、さっきこの目で死体を確認してきたところだよ。彼女の死体は鵜川駅で発見されて、今頃は警察が調べているはずだ」

「風子、やっぱりお前は……」

男は両手で顔を覆い、がっくりと地面に膝をついた。

どれほど真剣に男が風子を愛してたのか、洩れ聞こえてくる嗚咽《おえつ》から伝わってくる気がした。早く話を聞き出したいという焦りはあったが、ここで男の悲しみを邪魔する気にはなれなかった。

やがて、男のむせび泣きが収まってきた。激しく上下に揺れていた肩も静まる。

朝倉はそこで二階の窓を見上げ、一乃に向かって呼びかけた。

「西条さん、もういいよ」

すぐに窓が開き、一乃がこちらを見下ろす。

「分かりました。私もそちらへ降りますので」

窓が閉まり、しばらくすると建物を回り込んで一乃がやってきた。

その頃には、男は立ち上がって涙に濡れた顔を袖《そで》で拭っていた。朝倉はいきなり男を問い質すのではなく、まずはこれまでの経緯を確認することにした。

「君はこれまで、突然姿を消してしまった風子さんのことを探していた。一度や二度は黒石家に問い合わせをしたかもしれないが、悪い遊び仲間という扱いを受けて、まともな返事をもらえなかったんじゃないかな。それで君は、どんな手を使ってでも風子さんの行方を調べることにした」

「……ああ、そうだよ」

「君が風子さんと青森の三内丸山遺跡へ行ったことはもう分かっている。その目的が、盗み出した三翠宝玉の価値を調べるためだったこともね。ただ、風子さんが持っていたのは三つの勾玉のうちの一つだけだった。そして他の二つは、それぞれ別の姉妹の手元にあった。つまり、三翠宝玉を盗んだ実行犯は風子さんだったが、この計画は姉妹で相談して立てられたものだったというわけだ。違うかな？」

「いや、その通りだ。この家の婆《ばあ》さんが勾玉を処分するって言い出したのを、風子の姉ちゃんが聞いてきたらしくて、そんなもったいないことをするくらいなら、先に盗んで姉妹で山分けしようって話になったんだと。風子が盗む役で、もし後で疑われることがあったら、他の二人がずっと風子と一緒にいたってアリバイを証言する約束になってたのさ」

「風子さんが姿を消した後、君は三翠宝玉の分配を巡って姉妹の間で何かトラブルが起きたんじゃないかと思ったんだね？」

「だって、どのくらいの金額かまでは分からなかったけど、あれってすごいお宝なんだろ？　誰かが欲張って独り占めしようとしてもおかしくないじゃないか」

「つまり、姉妹の誰かが風子さんを殺して勾玉を奪ったんじゃないかと疑ったわけか」

「ああ、そうさ。他に風子が突然姿を消した理由が考えられなかったからな。だけど、心のどこかでは、そんなのは俺の馬鹿げた思い込みで、本当は風子はよその土地で元気にやってるんじゃないか、って期待してた部分もあったんだ」

男は再び泣きそうな顔になり、小鼻を震わせた。

「風子さんの姉妹を疑った君は、犯人を炙《あぶ》り出すために、脅迫状を送りつけることにした。『マガタマヲカエセ』という一文をね。ただし、三人の姉妹のうち、誰が計画に加担していたのかまでは分からなかったから、とりあえず全員に送ってみることにしたんだ」

「……あんた、どうしてそこまで知ってるんだ」

「そのくらいは誰でも推測がつくさ。ともかく、君は屋敷の近くに潜んで、脅迫状を受け取った姉妹に何か変化が起きるのを待った」

「俺が手紙を送りつけたすぐ後に、屋敷でばたばたと人の出入りが増えたんで、効果があったと思ったよ。で、結果的に風子の姉ちゃんは二人とも殺されちまったんだろう？　だったら、妹の奈月が犯人なんじゃないのか？」

「いや、それは違う。犯人どころか、彼女もまた命を狙われている立場なんだ。少し前に、屋敷の近くで彼女が姿を消してしまった。こうしている間にも、犯人に殺されようとしているのかもしれない」

「ま、まじかよ」

「ああ。だから、奈月さんを助けるためにも、君に協力してもらいたいんだ。そうすれば、風子さんを殺した犯人を捕まえることにもなるはずだ」

「よし分かった。俺にできることならなんでもするぜ」

男は表情を引き締めて頷いた。

「それじゃあ、これからする僕の質問に答えてくれ。まず、君の名前は？」

「竹内《たけうち》だ。竹内雅樹《まさき》」

「風子さんの恋人ということでいいんだね？」

「ああ、付き合って二年だったんだ」

竹内はそう答え、ずずっと洟《はな》を啜った。

「風子さんと連絡が取れなくなったのはいつなんだい？」

「あれは確か、先月の十五……いや十六日だったな。その日一緒に遊ぶ約束をしてたのに、全然電話が繋がらなくて、まあそういう気まぐれは今まで何度もあったから、仕方なく他のダチを誘って遊びに行ったんだ」

「それきり、一切連絡が取れなくなったってわけか」

「いや、一度だけ、風子からメッセージが届いた」

「え、本当かい？」

それは朝倉からしても予想外の答えだった。

「携帯のSNSアプリでいきなりメッセージが送られて来たんだよ」

そう言って竹内はポケットを探り、携帯を取りだした。

「ええと……これだ。届いたのは二月十九日だよ。『明日、私に会いに根室まで来て。だけど、飛行機は駄目。札幌からスーパーおおぞら3号に乗って。午後三時五十九分に根室に着けば、そこで私が待ってる。遠くからでも分かるよう、白いニット帽に黒のダウンジャケット、紺のマフラーをしてきて。絶対に誰にも顔を見られないで。お願い、私を助けて』」

竹内は読み上げながら、画面を朝倉に見せた。確かにそのとおりのメッセージが送られてきている。

「君はこのとおりにしたのかい？」

「そりゃそうさ。死んだと思ってた風子から連絡が来たんだから。訳の分からない注文だけど、きっと何か理由があるんだろうと思って、とにかく風子のために頼まれたとおりにしたんだ」

「しかし、彼女とは会えなかったんだね」

「ああ。根室駅で三時間も待ったけど、風子は現れなかった」

竹内は暗い眼差しで言った。

「ちょっといいかな」

朝倉は竹内の手から携帯を取り、画面をじっと見つめた。

このメッセージは、恐らく風子の携帯を使って犯人が送りつけたものに違いない。しかし、この意味不明な注文は何を目的としているのだろうか。

じっと見つめるうち、ふいに朝倉の頭の中で閃きが起きた。

そうか、そういうことだったのか。

たちまち、断片的に散らばっていた情報が繋ぎ合わさっていく。今まで曖昧だった事件の全容が、次第にくっきりと浮かび上がってきた。頭脳が猛烈に回転し、朝倉は現実から切り離されたように思考の渦の中を漂った。

「なあ、あんた、大丈夫か……」

竹内がそっと手を伸ばそうとしたが、

「駄目っ。しばらくこのままにしておいてください」

と一乃が急いで制止した。

十分ほど経ったところで、虚ろだった朝倉の目が焦点を結んできた。同時に、激しい疲労を覚えたようによろめく。一乃が慌てて体を支えた。

「先生、事件の謎が解けたんですか?」

「……ああ、全て分かったよ。誰が犯人なのか、そして、奈月さんがどこにいるのか」

「奈月ちゃんは無事なんでしょうか?」

「分からない。彼女が危険な状況に置かれているのは間違いない。急いで助けにいかないと」

朝倉はふらつきながらも、どうにか自力で立った。

そのとき、遠くからパトカーのサイレンの音が聞こえてきた。何台も連なっていることが分かる大きく騒がしい音だ。先ほどまでは恐れていた音だったが、今となっては頼もしい援軍の到着を知らせる合図に思えた。

「よし、きっと山守警部補もいるはずだ。彼に捜索の協力を求めよう」

朝倉はそう言って、屋敷の表に向かった。

母屋を回り込んで正門を出たとき、ちょうど先頭を走っていたパトカーが駐車場前で停車した。ドアが一斉に開き、刑事たちが飛び出してくる。その中には山守の姿もあった。

「あ、山守さん」

朝倉が手を挙げて呼びかけると、山守は恐ろしい目つきで睨んできた。

「あんた、鵜川駅の死体発見現場にいたそうだね。どういうことか事情を説明してもらおうか。場合によっては、この場で逮捕させてもらうよ」

「もちろん、幾らでも事情は説明しますよ。しかし、その前に奈月さんを捜索するのに協力してもらえませんかね」

「何?」

「山守さんの一番の標的は、僕ではなく奈月さんでしょう? 彼女こそがこの事件の犯人だと睨んでいるんじゃないですか? もし彼女の身柄を確保したいのなら、僕に協力してください。彼女がいるはずの場所へ案内しますから」

「……あんた、いい加減なことを言ってるんじゃないだろうな。もしそれが、彼女の逃亡を助けるための嘘だったりしたら、あんたも罪に問われるんだぞ」

「嘘は言いません。とにかく、もうあまり時間はないんです。早く決断してください」

朝倉が答えを迫ると、山守は難しい顔で思案してから、

「……よし、捜索を二手に分ける。お前の班は屋敷の中を調べろ。俺はこの男と一緒に行く」

と部下に指示した。

それから、山守はパトカーに引き返そうとしたが、途中で足を止め、

「何をやってるんだ、早く来い!」

と朝倉に手招きした。

朝倉が急いでパトカーに向かうと、一乃も付いてきた。竹内は戸惑った顔でその場に残る。

運転席では若い制服警官がハンドルを握っていて、山守は助手席に座った。朝倉と一乃は後部シー

トに乗り込む。

「で、どこへ行くんだ?」

「国道へ出て、海沿いの道を駅に向かう途中、廃業した黒石水産の建物があります。そこへ行ってください」

「そこに彼女がいるとどうして分かる?」

「根拠を説明していれば長くなります。今は一刻を争う状況ですから、後にしてください」

「分かったよ。大急ぎでやってくれ」

山守が警官の肩を叩くと、パトカーは猛スピードでUターンし、国道に向かって走り出した。後ろに四、五台のパトカーが続く。

パトカーは八十キロ近いスピードを出していたが、運転手の腕は確かで、細い砂利道を危なげなく駆け抜けた。あっという間に国道に出ると、海に向かって進んでいく。

五分と経たない内に、前方に黒石水産の建物が見えてきた。国道の途中に細い下り坂があり、そこから廃工場の敷地へ降りていく。

やがてパトカーは工場の中心の広場に到着し、停車した。

「それで、黒石奈月はどこにいる?」

山守が振り返って尋ねてきた。

「恐らく、冷凍倉庫がある建物の中にいると思います」

「よし、探そう」

山守は車から出ると、次々と到着するパトカーの方に向かった。降りてきた刑事や制服警官たちに身振り手振りを交えて指示を与える。刑事たちは懐中電灯を手に一斉に散らばり、並んだ建物に数名ずつ走っていった。これだけの人数がいれば、捜索にそう時間はかからないだろう。

朝倉も捜索に参加したかったが、山守が引き返してきたので、その場から離れるのは控えた。もしここで朝倉の姿が見えなくなれば、山守は部下に命じて捕らえさせようとするだろう。

山守は煙草を取り出すと、ゆっくりとした仕草で火を点けた。その落ち着き払った態度は、いかにも場慣れしている感じだった。

しかし、朝倉の方は平静を装うこともできず、激しい焦燥のままにパトカーの周りを歩き回った。奈月が無事発見されたという報告を心待ちにする一方で、死体で見つかることも覚悟していた。

過ぎていく一分一分が途方もなく長く感じられる。警官たちは本当にちゃんと捜索しているのか、手を抜いてうっかり見落としているのではないか、と苛立ちを覚えた。

山守に何か意見しようと朝倉が口を開きかけたとき、

「ありました！」

という声が遠くから聞こえてきた。

山守ははっとして煙草を投げ捨てると、声が聞こえた方向に駆け出す。朝倉と一乃も急いでその後を追った。

振り回される懐中電灯の光を目印に五十メートルほど走ると、大きな建物の前に着いた。

「表側の扉は閉鎖されているんですが、裏の通用口から入れます。中の冷凍倉庫はまだ電源が生きているようで、誰かが作動させています」

待っていた刑事がそう説明した。

「よし、倉庫まで案内してくれ」

山守が言うと、刑事は建物の横にあった鉄製階段を上がっていった。

右手に建物を見下ろしながら奥へ進んでいき、やがて現れた階段を下りる。開け放たれていた通用口から建物に入って、細い通路を奥に進んでいった。

角を一つ曲がると、警官が立っているのが見えた。何かを懸命に外そうとしているようだ。

「どうしたんだ?」

駆け寄って山守が尋ねると、警官は鉄製のドアの取っ手を指差しながら、

「ドアを開けようとしたんですが、南京錠《なんきんじょう》でロックされていまして」

「外れないのか?」

「今やっているところです」

警官は両手で取っ手を摑み、上げた片足をドアに当てて踏ん張った。南京錠がわずかに歪んだように見えたが、それが限界で、顔を真っ赤にしていた警官は、ぶはっと息を吐いた。

朝倉は何か使えそうなものはないかと辺りを見回した。床に視線を向けながら通路を奥へ進んでいくうち、鉄の棒を見つける。

「これを使ってみてください」

ドアまで引き返して鉄棒を警官に渡した。

よし、と警官は南京錠のU字の掛け金部分に鉄棒を差し込んだ。やや引っかかりがあったが、強引に奥までねじ込む。

「せえのっ」

かけ声と同時に一気に鉄棒を引き下ろすと、ばちんと大きな音がして南京錠が跳ね飛んだ。

急いで山守が取っ手を操作し、ドアを引き開けた。途端に凍り付くような冷気が流れ出してくる。

「……いたぞ!」

中に踏み込んでさっと室内を見回した山守が叫んだ。

朝倉たちも急いで倉庫の中に入った。非常灯の弱い光の下、壁際で膝を抱えて座り込んだ奈月の姿が目に映る。山守が向けた懐中電灯の明かりが、紫色に変色した奈月の横顔を照らし出した。その髪には霜が降っている。

手遅れだったのか。朝倉は呆然として奈月を見つめた。その隣で、一乃も小さく悲鳴を上げる。

山守が床に片膝をつき、そっと手を伸ばして奈月の首元を探った。険しい表情を浮かべ、じっと神経を集中させる様子を見せる。

「……まだ微かに脈があるぞ」

それを聞き、朝倉は安堵に全身の力が抜けそうになった。一乃が、よかった、と呟いて腕に縋りついてくる。

「だが、かなり危険な状態だ。すぐに救急車を呼べ」

山守は部下に命じた。

部下が倉庫から飛び出していった後、朝倉たちは奈月を外へ運び出すことにした。

「いいか、慎重にやってくれ」

山守と警官が上半身を抱え、朝倉が足側を持つ。

ゆっくりと奈月の体を廊下まで運び出し、床に下ろしたところで、

「警部補、この女性、後頭部に怪我をしています」

と警官が驚いたように報告した。

「鈍器で殴られたようだな。幸いそれほど傷は深くないようだが」

山守が傷を確認しながら言う。

「奈月ちゃん、がんばって」

一乃は横たわった奈月に覆いかぶさるようにして呼びかけた。せめて温もりを伝えようとするように、奈月の顔にそっと頰を押し当てる。

その様子をしばらく見つめた後、朝倉は再び冷凍倉庫の中に入った。今の段階で朝倉が奈月のためにしてやれることはなく、それならばせめて事件の証拠を探すべきだと考えたのだ。

薄明かりの下で目を凝らし、腰を屈めながら床を見て回る。凍えるような寒さだったが、気にはならなかった。

やがて、朝倉は床に転がった細い棒のようなものに気付いた。手袋をはめて拾い上げてみると、それ

は万年筆であることが分かった。キャップの部分に名入れされている。

非常灯の明かりにかざして見ると、『S.TAKAICHI』と綴《つづ》られているのが見て取れた。

なるほど、そういうことだったのか。朝倉は胸のうちで呟き、万年筆をポケットにしまった。

そのとき、山守が戸口から顔を覗かせた。

「おい、何をやっている。ここは後で鑑識が調べるんだ、勝手に歩き回らないでくれ」

「ああ、済みません。すぐに出ます」

朝倉は言われるまま倉庫を出た。

そこで、先ほど出て行った刑事が戻ってきた。

「町立病院からすぐにドクターカーが来るそうです。彼女を運び出しておきましょう」

「分かった、手を貸してくれ」

山守はそう言ってから、奈月に抱きついていた一乃をやんわりと引き離した。一乃は抵抗することなく、奈月の体から手を離して立ち上がった。

刑事たちに抱えられて搬送されていく奈月を見送りながら、朝倉は一乃の肩を抱いた。

「……奈月ちゃん、大丈夫ですよね？」

そう尋ねてくる一乃に、朝倉は無言で頷くしかなかった。

2

集中治療室から出てきた医師は、待ち受けていた朝倉たちの顔を見回した。

「患者は重度の低体温症で、昏睡《こんすい》状態にあります。現在、温めた液体を静脈に投与して回復を促していますが、今の状態が続くようであれば、血液透析装置や人工呼吸器を取り付けることになるかもしれません」

「それで、彼女は助かるんでしょうか？」

病院に駆け付けていた高市が尋ねた。

「……生存の確率だけで言うなら、五分五分、あるいはもう少し見込みはあるかもしれません。しかし、脳に深刻なダメージを受けている可能性は高く、たとえ命を取り留めたとしても、意識を回復しない場合もあり得ます。あるいは、重度の障害が生じることも覚悟しておいてください。現段階で私から申し上げられるのは以上です」

医師は淡々と告げると、廊下を去っていった。

朝倉たちは声もなくその後ろ姿を見送った。

集中治療室前の廊下にいたのは、朝倉、一乃、高市、美代子、そして山守と部下の、六人だった。医師が姿を消した後も、六人はしばらくそれぞれの思いに耽《ふけ》っていた。

朝倉の心を支配していたのは、自責の念だった。あれだけ頼りにされていたにもかかわらず、奈月を守れなかったことが情けなかった。あのとき一人で恵庭に赴かず屋敷に留まっていれば、と後悔の思いを嚙みしめる。

「……さて、朝倉さん。そろそろ詳しい事情を聞かせてもらおうか」

おもむろに切り出したのは山守だった。

ここまで事情聴取を先送りにしてくれたのは、山守の厚意と言ってよかった。ともかく奈月の容態が確認できるまでは待って欲しい、という朝倉の要望を聞き入れてくれたのだ。

「分かりました。ここで話をするわけにもいきませんから、場所を変えましょう。西条さん、中田さんと一緒に屋敷へ戻っていてくれるかい？」

「……はい」

一乃は心配そうな顔で頷いた。

「それじゃあ、とりあえず待合所にでも行こうか」

山守に促され、朝倉が歩き出したところで、

「朝倉さん、私も立ち会いましょうか？」

と高市が声をかけてきた。

朝倉はちらりと振り返り、首を横に振った。

「いえ、容疑者として取り調べられるわけじゃありませんから、大丈夫ですよ」

「そうですか、では」

高市があっさりと引き下がるのを見てから、朝倉たちは改めて廊下を進んだ。

時刻は午前五時で、外来病棟の廊下は全くの無人だった。リノリウムの床に刑事たちの革靴の音が響く。

待合所に着くと、朝倉と山守は長椅子に並んで座り、部下の刑事は横に立った。

「さて、黒石奈月さんがなぜ冷凍倉庫の中に閉じこめられていたのか、説明してもらおうか」

「もちろん、犯人が奈月さんを殺すためにやったことですよ」

「犯人だと？　犯人というのは……」

「今回の連続殺人事件の犯人です。他の三姉妹に続いて、奈月さんまで殺害しようとしたんです」

「あんた、それは確かな話なんだろうね」

山守は身を乗り出して朝倉をじっと見据える。

「ええ。僕はもう事件全体の構図が全て見えているつもりです」

「……よし、それじゃあ、最初から順を追って説明してもらおうか」

「いえ、そうするには一つ条件があります」

「条件だと？」

山守は少し戸惑った様子で、部下とちらりと視線を交わしてから、

「……どんな条件なんだ。言ってみろ」

「黒石家の関係者を一ヵ所に集めてください。そうすれば、僕はその場で全ての真相を明らかにするつもりです」

「なぜそんなことをする？」

「一つには、関係者が揃っていれば、僕の推理を裏付ける証言をすぐに得られるからです。もう一つは、僕はどうしても自分自身の手で犯人を追い詰めてやりたいと思っているからですよ。奈月さんをあんな目に遭わされておいて、犯人逮捕を全て警察の手に委《ゆだ》ねるというのでは、僕の気持ちが収まりません」

朝倉は胸の内の激情をこらえながら、掠《かす》れた声で言った。

「しかしねえ、あんたの推理っていうのが本当なのかどうか、まずそこが問題だし……」

「でしたら、一つ手の内を明かしましょう。鵡川駅で発見された風子さんの死体ですが、もう検視は行われましたね?」

「ああ、済んだよ」

「では、死体は殺害直後に切断されていて、長時間どこかで冷凍保存された後、鵡川駅の線路上まで運ばれていた、という僕の見立ては合っていますか?」

「……ああ、合っている」

「それなら、鑑識係に命じて先ほどの冷凍倉庫をもう一度くまなく調べさせてください。きっとあそこに風子さんの死体が置かれていたという痕跡が見つかるはずです」

朝倉の言葉に、あっ、と山守は声を上げた。そして、慌てて部下を振り返り、

「本部に連絡して今の話を伝えろ」

と命じた。

部下は急いで携帯を取り出しながら待合所を出て行った。

「……朝倉さん、黒石奈月を一緒に救助したんじゃなければ、あんたを犯人として疑うところだよ」

山守は改めて朝倉と向かい合って言った。

「それで、僕の条件を受け入れてくれる気になりま

したか？」

「あんたが事件の真相を摑んでいるっていうなら、署に連行して締め上げてみるって手もあるんだがね。それで事件解決に繋がるとすれば、多少荒っぽい真似をしても上は目をつぶってくれるだろう」

「それこそ、時間の無駄というものじゃありませんか？　僕から無理に情報を聞き出したところで、それが事実なのかどうか裏付け捜査をするにも時間がかかるはずです。そんな手間をかけるくらいなら、ほんの一時、僕の自由にさせた方がよほど効率的だと思いますがね」

「……いいだろう、あんたの要望がかなえられるよう上に掛け合ってみるよ。それで、関係者を集める場所はどこにする？」

「黒石家の屋敷でいいでしょう」

「分かった」

山守は頷いて立ち上がった。


待合所に一人になると、さすがに朝倉は疲労を覚えて、深い溜め息を吐いた。しかし、ここで気を抜くことはできない。犯人を追い詰めるのはここからが本番なのだから。

二十分ほどで山守は戻ってきた。

「上からの許可が出た。名目上は、まとめて事情聴取を行うために関係者を集める形になる。その場であんたが何を言い出そうと、我々がいきなり取り押さえるような真似はしない、ということだな。それでいいだろう？」

「ええ、異存ありません」

「よし。今、屋敷に残してあった捜査員たちが関係者を集めている。俺たちも行こうか」

山守の部下が戻ってくるのを待ってから、朝倉たちは待合所を後にした。

3

関係者一同が集められていたのは、二月十七日に遺言状が公開されたのと同じ、トワの居室に隣接した座敷だった。トワは依然としてベッドから起きあがれる状態ではなく、横たわったまま参加できるようにとこの場所が選ばれたのだった。

朝倉が座敷に入ったときには、座敷が狭く感じられるほど多くの人間が顔を揃えていた。

トワと介護人、通いの家政婦二人、高市、美代子、早苗、崇、小野田、それに竹内と一乃。山守を始めとした刑事たちも四人いた。

「さて、これで全員が揃ったことになるな」

山守は一同の顔を見回して言った。

「ちょっと、刑事さん、これから何を始めるつもりなの？」

早苗が尖《とが》った視線を向ける。

「もちろん、今回の事件の事情聴取ですよ。だが、我々より先に、何か朝倉さんの方からみなさんに話したいことがあるらしい」

「朝倉さん……？　あなた、この期《ご》に及んでもまだ出しゃばるつもりなの」

早苗が呆れたような顔をして言った。

朝倉はそれを聞き流すと、立ち上がって皆を見回した。

「みなさんご存知のとおり、僕はこの黒石家の当主であるトワさんに雇われ、盗まれた三翠宝玉を取り戻そうとしていました。しかし、百花さんの死から始まって、続けざまに恐ろしい事件が起き、もはやそれどころではない状況となりました。僕としては、この三翠宝玉の盗難を発端として起きた惨劇をどうにか食い止めたいと思っていましたが、力及ばず、奈月さんまでもが犯人の手にかかって意識不明の重態となってしまいました。まずそのことをお詫びいたします」

深々と頭を下げる朝倉を、座敷の一同は無言で見守っていた。

「……ただ、ここに至って、僕はようやくこの事件の真相を摑むことができました。一体この事件は何者の手によって企《くわだ》てられ、どのように実行されたのか。それをこの場で皆さんにお話ししたいと思っています」

その言葉を聞いて、座敷にはざわめきが起きた。

「朝倉さん、それは本当ですか?」

高市が驚いた顔で腰を浮かせた。

「警察を前にして、そんな大口を叩いて大丈夫なの?」

冷ややかに言ったのは早苗で、その後ろで崇が薄笑いを浮かべていた。

美代子と家政婦たちも戸惑った顔で、ひそひそと言葉を交わしている。朝倉を信じ切った顔でじっと見つめているのは一乃だけだった。

「そういうわけで、しばらく僕が時間をいただいてよろしいでしょうか?」

朝倉の問いかけは、トワに向けられたものだった。

トワは半分ほど起こした介護ベッドに背中を支えられ、顔だけをこちらに向けていたが、強い意志の宿った眼差しを朝倉に向けて、大きく頷いてくれた。

その決定を見て、座敷内のざわめきも収まった。

「ありがとうございます。それではまず、三翠宝玉の盗難について説明させてもらいましょう」

朝倉はそう言ってちらりと竹内を見た。竹内はどきりとした表情を浮かべたが、すぐに腹を据えた顔になった。

「こちらにいる竹内さんは、風子さんの恋人だった人です。彼の証言によって、三翠宝玉は風子さんによって盗み出されたことがはっきりしました。ただし、風子さんが単独で行ったことではなく、百花さんと千鳥さんも一枚嚙んでいたようです。経緯としては、百花さんか千鳥さんのどちらかが、トワさんが三翠宝玉を処分するという意志を固めたことを知り、その前に盗み出そうとして他の姉妹に相談を持ちかけた、という形になるでしょう。盗み出された三翠宝玉は、三人の姉妹が一つずつ分けて所持することになりました。つまり、三人の遺体からは勾玉が発見されましたが、それらは犯人が残していったものではなく、彼女たちが最初から持っていたということになるわけです。……この説明に何か間違っているところはありますか?」

朝倉が竹内に問いかけると、

「いや、あんたの言うとおりだよ」

という答えが返ってきた。

「では、殺人事件と盗難は無関係ということなのか?」

山守が尋ねてきた。

「いえ、事件の発端となったという意味では、大いに関係しています。ですが、そのことはひとまず置いておいて、次に百花さんの事件について説明しましょう。彼女は仕事の打ち合わせで標津町へ赴いたところで、何者かに海辺に呼び出され、そこで睡眠薬を飲まされた上で絞殺されました」

「睡眠薬を飲まされて絞殺されたというのは、司法解剖の結果で明らかだが、海辺で殺されたという根拠は?」

「これが砂浜に落ちていました」

朝倉はポケットから、小物用ポリ袋に入れた百花の付け爪を取り出し、山守に渡した。

「この付け爪は百花さんのもので、これが砂浜にあったということは、彼女がそこを訪れたという何よりの証拠になるはずです」

「あんた、こういうものを見つけたなら、すぐに我々に報告してもらわないと」

山守は苦々しげに言う。

「申し訳ありません。容疑者の一人として睨まれている段階では、なかなか出し辛かったもので」

「……まあ、いい。こいつは証拠品として預かっておこう」

山守はポリ袋をポケットにしまった。

「さて、司法解剖の結果、もう一つ重大な発見がありました。それは、百花さんの胃から三翠宝玉の一つが発見されたということです。なぜ、百花さんは勾玉を呑み込んだのか。前後の状況から推察すれば、彼女は睡眠薬を飲まされたと気付いたとき、意識を失った後で犯人に勾玉を奪われるのを防ぐため、胃の中に隠すつもりで密かに呑み込んだのではないでしょうか。つまり、このとき彼女は犯人の目的が勾玉だと思い込み、自分が殺されるとは考えもしなかったわけです。そうなると、彼女は犯人からどんな口実で呼び出されたのか、自ずと推察がつきます。恐らく、犯人は百花さんが盗んだ三翠宝玉の一つを所持していることを知っていて、そのことを告発されたくなければ取り引きに応じるように、と持ちかけたのでしょう」

「なるほど、それなら話の筋は通っているな」

山守は腕組みして頷いた。

「百花さんの遺体がなぜ流氷の上に載っていたのか、これもそれほど難しい謎ではありませんでした。海辺で出会った老人から、ずっと放置されていたボートが事件当夜から無くなっているという話を聞けたからです。更に、この屋敷の敷地内にある倉庫から、船外機が無くなっていることも分かりました。つまり、犯人はボートに遺体を載せて沖に向けて走らせたということになります。犯人の計算では、沖合まで出たボートは海流に乗って遠くまで流され、どこかで遺体ごと沈む予定でした。つまり、遺体の隠蔽工作をしたわけですね。ところが、思いがけず早い時期に南下していた流氷にぶつかってしまい、ああいう結果になってしまったんです」

「待ってくれ、敷地内の倉庫にあった船外機が使われたということは、犯人は屋敷の関係者ということでいいんだな?」

山守はさっと一同を見回しながら言った。

「ええ、そうなりますね。そこで、次に風子さんが殺害された件について説明しましょう。彼女の死体が発見されたのは昨日のことですが、それまで冷凍保存されていた形跡があり、殺害自体はずっと以前に行われていた可能性があります。ちなみに、鑑識が黒石水産の冷凍倉庫を調べた結果はいかがでしたか?」

「あんたの言っていたとおり、倉庫から毛髪とわずかな血痕が発見されたよ。風子さんの死体はあそこに隠されていたようだ」

「それに加えて、実は船外機が置かれていた倉庫には、大きな血痕が残っていました。残念ながらその血痕は犯人によって処理されてしまいましたが、一体倉庫で何が起きてそれだけの血が流れたのか、答えは一つしかないと思います。つまり、風子さんの死体は倉庫で切断されたんです。倉庫には電動丸ノコや斧といった道具がありましたから、それらを使えば作業は容易になったでしょう」

「ということは、犯人は屋敷のどこかで風子さんを殺害し、死体を倉庫に運んだ後、持ち運びしやすいように切断した、ということか?」

「そうです。僕が血痕を発見したのは、百花さんの事件が起きる前ですから、実はこの一連の事件の中で最初に犠牲者となったのは風子さんだったんです」

朝倉の言葉に、集まった人々から驚きの声が漏れた。

「じゃあ、犯人は後で利用するつもりで風子ちゃんの死体を凍らせておいたってことなの?」

早苗もさすがに真剣な顔つきで尋ねてきた。

「いえ、その時点では、犯人にそこまでの計画はなかったでしょう。腐臭が洩れて死体が発見されないように冷凍していただけだと思います。しかし、事件が進展していく中で、奈月さんにアリバイが存在しないことが分かってくると、犯人は彼女に濡れ衣を着せることを考えました。そこで風子さんの遺体を利用することにしたんです。遺体を密かに鵐川駅まで運んでレールに載せ、風子さんの携帯を使って奈月さんを呼び出します。そして、列車の運転士や乗客に、遺体の側にいる奈月さんを目撃させることで、警察が彼女を犯人だと思い込むように仕向けました。捜査に乗り出した警察は、奈月さんがばらばらの遺体を線路上に運んだのは、風子さんが事故で轢死《れきし》したように見せかけるためだった、と考えたんじゃありませんか?」

「ああ、捜査本部でそういう説が出たのは間違いない」

山守は苦い顔で応じると、

「しかし、奈月さんはなぜ、死体を発見した後で警察に通報せずに逃げたりしたんだ? それで自分が疑われることくらい分かっただろうに」

「その謎の答えはこれです」

朝倉はポケットからポリ袋に入れた万年筆を取り出した。

「この万年筆は、奈月さんが閉じこめられていた冷凍倉庫で拾いました。……高市さん、これはあなたのもので間違いないですね?」

そう問いかけると、高市はさっと青ざめた。

「……確かに、それは私の万年筆です」

「きっと奈月さんはこの万年筆を風子さんの死体の側で拾ったのでしょう。そして、高市さんこそが一連の事件の犯人ではないかと疑った。だから、警察に通報する前に、高市さん本人に会って真相を問い質そうとしたんです」

「なるほど、そういうことか」

山守は鋭い視線を高市に向けながら、

「あんたはのこのことやってきた奈月さんを冷凍倉庫まで誘い出し、殴って気絶させた上で凍死させせようとしたんだな」

「いや、待ってください。それは誤解だ。その万年筆は確かに私のものですが、数日前に無くしていたんです。きっと犯人が盗んだに違いない」

「こいつ、白々しいことを」

山守が今にも飛びかかりそうな気配を見せたところで、

「いえ、高市さんが言っていることは本当です。犯人は他にいます」

と朝倉は告げた。

「何？　本当か？」

山守は肩すかしを食ったように、戸惑った顔で振り返る。

「ここまでの犯人の行動を振り返って、不思議に思うことはありませんか？」

「……さあ、何のことだ？」

「犯人は遺体の隠蔽にやけに手間暇をかけている、言い換えればかなりの苦労をしているように思いませんか？」

「それは、確かに……」

「風子さんの事件で言えば、彼女の遺体を倉庫まで運んだなら、何もばらばらにした上で黒石水産の冷凍倉庫へ持ち込む必要はなかったはずです。屋敷内の倉庫の前には車が通れる道があるんですから、死体を載せてどこか遠くへ運んでしまえばよかった。

少し町を離れれば、辺りには原野や山林が広がっているんです。遺体を埋める場所など簡単に見つかったはずです」

「言われてみればそのとおりだ」

「百花さんについても同様です。犯行現場は人気のない夜の海辺でした。苦労してボートに載せて海に捨てなくても、近くの国道まで死体を引きずり、そこで車に載せてどこにでも埋めに行けばよかったんです」

「……そうか、つまり犯人は車を運転できなかったということか！」

答えに辿り着いた山守は、大きな声を上げた。

「そのとおりです。犯人は徒歩で運べる範囲に風子さんの死体を隠すしかありませんでしたが、下手な場所を選べば腐臭ですぐに見つかってしまいます。そこで犯人は、格好の隠し場所として黒石水産の冷凍倉庫を思いついたんです。ただし、徒歩で行ける距離とはいえ、死体をそのまま運ぶのは無理ですから、一度倉庫に運んでばらばらに切断したわけです。百花さんの遺体を海に沈めようとしたのも、犯人からすればやむを得ない選択だったということになります。そして、その犯人の条件から考えれば、高市さんが除外されるのは明らかです」

「それじゃあ、関係者の中で、車を運転できない人間となると……」

「早苗さんも除外していいかと思います。ご本人は運転できなくても、息子の崇さんが協力すれば問題ありませんからね」

朝倉の言葉を聞いて、座敷に居合わせた人々の視線が一点に向けられた。

そこに座っていたのは、小野田だった。

「……いや、待ってください。それこそ濡れ衣ですよ。何を勘違いしているのか知りませんが、私は犯人なんかじゃありません」

小野田は顔を引きつらせて言った。

「ですが、僕の推理が正しければ、犯人の条件に合うのは小野田さんしかいないんです」

「だったら、あなたの推理が間違っているんじゃないの?」

皮肉な口調で言ったのは早苗で、

「そもそも、どうして小野田さんが百花ちゃんたちを殺さなきゃいけないのよ。動機がないじゃない、動機が」

と小野田を擁護した。

すると、それに同調するように美代子も声を上げて、

「私も小野田さんが犯人だなんて、信じられません。失礼ながら、朝倉さんは何か勘違いをされているのでは?」

と非難の眼差しを向けてくる。

懐疑的な表情を浮かべているのは、山守も同様だった。

「朝倉さん、ここまではあんたの説がいちいち腑《ふ》に落ちていたが、最後になってどうも怪しくなってきたな」

「山守さんも何か不満ですか?」

「率直に言わせてもらえば、小野田さんが犯人というのは無理があるよ。何しろ、この人にはちゃんとアリバイがあるんだからな。裏付け捜査も終わっているし、警察としては小野田さんは間違いなくシロだと言うしかないね」

山守の言葉に、部下の刑事たちも頷く。

今や朝倉は、座敷に居合わせた人々全員から、不信の視線を浴びせられる形となっていた。いや、唯一、一乃だけは、朝倉を応援するように懸命な眼差しを向けてきていたが、この状況では何か発言することもできないようだった。

「どうですか、朝倉さん。人は誰でも間違いを犯す

ものですし、そのことを非難するつもりもありません。ですから、もう一度、事件について考え直してみてはどうでしょう」

小野田はやや余裕を取り戻した顔で言った。

「いえ、そのつもりはありません」

朝倉はきっぱりと答えると、周囲から上がる反発の声を無視して、

「それでは、今回の一連の事件で小野田さんがどのような行動を取ったのか、一つ一つ検証していきましょう」

と告げた。

「ほう、では聞かせてもらいましょうか」

小野田は薄笑いさえ浮かべていた。

「まず、一番初めに起きた風子さんの事件からです。彼女は三翠宝玉を手に入れた後、それをすぐに売り払おうとしました。そのため、市場での相場を調べようとわざわざ青森県の三内丸山遺跡まで足を運びました。竹内さん、そうですね？」

「あ、ああ。そうだよ」

「しかし、あいにくとそちらの施設では充分な情報が得られませんでした。そこで、風子さんは多少危険な橋を渡ることになるのは承知の上で、小野田さんのもとを訪れて、三翠宝玉の価値について質問したんです。小野田さんは誰よりも深い知識をもっていますからね。そして、二人で話し合ううちに、ふとしたことから盗難の事実が発覚してしまい、口論となります。その結果、小野田さんは風子さんを殺害することになった。これは竹内さんとの連絡が途絶えた日付から考えて、一月十五日のことだったと思われます」

「話の筋としては良くできていますが、それを裏付ける証拠はあるんですか？」

小野田が言った。

「現時点で物証はありません」

「それじゃあ、全てあなたの作り話ってことになるじゃない」

早苗が嘲るように口を挟んでくる。

「作り話なのか、それとも事実を述べた話なのかは、いずれ明らかになりますよ。では、次に百花さんの事件に移りましょう。彼女が標津町の海岸に呼び出されて殺害されたのは、二月十八日の午後七時のことでした。一方で、この日の小野田さんの行動を見てみると、午後二時に苫小牧で美術館関係者に会って以降は、アリバイがありません。つまり、苫小牧での打ち合わせを終えた後、新千歳空港に移動して午後四時半の飛行機に乗れば、午後五時二十分には中標津空港に到着できることになります。それからすぐに百花さんに電話をかけて海岸に呼び出せば、犯行は可能だったでしょう」

「それもまた、物証のない推測だけのお話ですか？」

ややうんざりしたような顔で小野田が言った。

「ええ、そのとおりです」

「朝倉さん、私が当事者だからこんなことを言うわけじゃありませんが、いい加減この馬鹿げた見世物は終わりにしませんか？　これじゃまるで推理ごっこだ」

「では、一つ物証が関わりそうな点に触れさせてもらいましょう」

「え？」

「山守さん、小野田さんのアリバイを確認したということは、苫小牧で打ち合わせをしたという美術館関係者にも、当然聞き込みをしたんですよね？」

「ああ、もちろんだ」

「その方は、小野田さんとどのようなやり取りをしたと言っていましたか？」

「それは……確か、美術品の貸出に関する書類の受け渡しをしたと言っていたはずだが」

「書類だけですか？　現品を受け取ったわけではない？」

「ああ、書類だけだ」

山守は手帳を取り出して確認しながら言った。

「小野田さん、これは妙な話ですね。十八日に小野田さんが苫小牧へ向かうとき、僕は見送りをさせてもらいましたが、そのときは絵画の運搬ケースを持っていたはずです。あのアルミトランクの中身は一体どうなったんですか？」

朝倉の質問に、小野田は顔をこわばらせた。

「……あれは、そう、私の勘違いだったんですよ。本当は契約書のやり取りだけだったのに、その日に現物を渡すものだと思い込んでおりまして、結局、そのまま持ち帰ることになりました」

「ほう、勘違いねえ」

呟くように言った山守の目には、初めて小野田に対する疑惑が浮かんだように見えた。

「僕は、今の小野田さんの弁明とはまるで違った解釈をしています。つまり、あのアルミトランクに入っていたのは絵画などではなく、分解した船外機だったのではないか、と」

朝倉の指摘に、小野田の表情はますます硬くなった。

「倉庫に置かれた船外機を僕が目にしたのは二月十七日の夜のことです。そして、翌日の午後七時には標津町の海岸まで運ばれていなければならなかった。業者に配達させたのではとても間に合いませんから、犯人は自ら運ぶ必要があったでしょう。そうなると、やはりあのアルミトランクを使ったと考えるのが一番自然です」

「確かに、疑いを持たれても仕方ない状況だと思いますよ」

小野田は急いで言うと、

「ですが、千鳥様の事件はどうなんです？　あの事件があった二月二十日は、私には完璧《かんぺき》なアリバイがあるはずだ。そうでしょう、刑事さん？」

「ええ、そのとおりです。その日、小野田さんは午前八時過ぎに札幌駅で仕事の関係者に会った後、列車を乗り継いで夕方の四時に根室駅に到着し、知人に迎えられています。もし小野田さんが犯人であるなら、二十日の午後一時前には東京に行き、千鳥さんに会った上で、彼女が持っていた水筒に毒を入れる必要がありますが、それは到底不可能です」

「では、そのアリバイが工作によって作られたものだったとしたら、どうでしょう」

「え？」

山守は意表を突かれたように瞬きした。

「竹内さん、あなたの二十日の行動を教えてあげてください。風子さんの携帯から届いたメッセージはどんなものでしたか？」

朝倉に話を振られて、竹内は一瞬戸惑った様子を見せたが、すぐに理解の色が顔に浮かんだ。

「ああ、そうか、そういうことだったのか！」

大きな声を上げると、竹内は小野田を睨み付けながら、

「俺は十九日に、偽の風子からのメッセージを受け取ったんだ。次の日、札幌から『スーパーおおぞら3号』に乗って、根室まで来るようにってな。しかも、絶対に誰にも顔を見られないようにして、白いニット帽に黒のダウンジャケット、紺のマフラーって格好をするように言われてよ」

「どうです、山守さん。その服装は小野田さんが身につけていたのと同じじゃありませんか？」

「……そのとおりだ。釧路から根室までの花咲《はなさき》線は一両編成のワンマン車両で、その運転士から目撃証言を得られたから、間違いのないアリバイだと判断したんだが、まさかそんな仕掛けがあったとはな」

「この工作で小野田さんは半日自由に行動できる時

間を得たわけです。僕がざっと検証した限りでは、午前八時に札幌駅で仕事の関係者に会った後、八時二十分発のエアポート82号に乗って新千歳空港に行けば、午前九時三十分発の羽田行き飛行機に搭乗できます。そして、羽田空港に到着するのは午前十一時十分。千鳥さんが亡くなる直前に羽田空港まで行っていたことは判明していますから、ターミナルビルで落ち合ってから、水筒に毒を入れることができたはずです。その後、すぐにまた搭乗口に向かい、午後零時十五分発の中標津空港行きの飛行機に乗ります。到着時間は午後一時五十五分で、そこから高速バスに乗れば、午後三時五十六分に根室駅前ターミナルに着きます。どうです、そこで列車から降りてきたふりをして出迎えの知人に会えば、まさに時間ぴったりじゃありませんか?」

もはや小野田は反論する気力も失ったように、顔を伏せていた。

「なるほど、こうなると、もう一度アリバイを徹底的に洗い直す必要がありそうだな。駅や空港でも目撃者を探してみよう。誰か一人くらいは、小野田さんを見かけたという証人が出てくるかもしれない」

山守は鋭い視線を小野田に向けながら言うと、

「朝倉さん、説明の続きを頼む」

と促してきた。

「……小野田さん、あなたの父親は、昔、黒石水産に勤めていたそうですね。だとすれば、現在、工場がどのような状況になっていたのかもよく知っていたはずです。だから、あなたは今回の事件であの冷凍倉庫を使うことができたんだ。僕は竹内さんの証言によってあなたのアリバイが崩れたことを知ったとき、まず最初にそのことに思い至りました。そして、もし奈月さんを殺して死体を隠すなら、きっとそこへ行くに違いないと考えたんです」

「ああ、そういうことだったのか」

山守が納得したように言った。

「鵜川駅で奈月さんを罠にはめるため、あなたはまず、事前に冷凍倉庫から風子さんの死体を取り出し、複数のトランクへ分けて入れました。そして、それをタクシーに載せて鵜川駅付近まで運んだんです。普段から美術品の搬送を行っていたあなたなら、大きな荷物を抱えていても地元の運転手に怪しまれるようなことはなかったはずです。それから、奈月さんにメールを送って鵜川駅まで呼び出した後、死体をレールの上に並べます。罠の準備が整うと、あなたは駅から少し離れた場所に呼んであったタクシーのところへ行き、奈月さんと入れ違う形で屋敷に戻りました。その後は、風子さんの死体を発見した奈月さんが屋敷に帰ってくるのを待ち受け、高市さんが黒石水産で待っている、という嘘のメッセージを伝えたんでしょう。そして、あなたは現地に先回りするために、奈月さんには人目につかないよう徒歩で向かうよう指示したのではないですか？

黒石水産にやってきた奈月さんを襲ったとき、理屈で考えれば、その場でとどめを刺さずに冷凍倉庫へ運び込む必要性はなかった。だから、あなたがそこで殺害するのに失敗したため、奈月さんが自ら冷凍倉庫へ逃げ込んだと考えるのが妥当でしょう。奈月さんが倉庫に立て籠もってしまって直接手出しができなくなったから、あなたは電源を入れて凍死させることにしたんだ。違いますか？」

朝倉は小野田をじっと睨み付けて言った。

小野田はもう蒼白な顔で肩を震わせているだけだった。

「……ねえ、それじゃあ動機は何なの？　小野田さんは何のために風子ちゃんたちを殺して回ったの？」

早苗はまだ信じられないという顔で小野田を見つめていた。

「風子さんの死体が握り込んでいた勾玉をそのままにしていたことから分かるように、小野田さんは三翠宝玉自体には興味がありませんでした。もちろん、遺産相続に直接関係する立場でもない。ただし、百花さん、千鳥さん、風子さんを亡き者にした場合、一つだけ得られるものがあります」

「それってもしかして……」

早苗ははっとした様子だった。

「そうです。黒石美術館の存続です。もしトワさんが亡くなり、遺言書どおりに遺産が分けられた場合、もはや美術館の閉館は避けられなかったでしょう。百花さんたち三姉妹が手を組めば、その決定を覆すことは誰にもできなかったはずです。しかし、百花さんたちがいなくなれば、奈月さんと早苗さんの間でどのように遺産が配分されるにしろ、閉館の心配はなくなります。恐らく、閉館の計画があることを小野田さんが初めて聞いたのは、三翠宝玉を巡って風子さんと口論していたときだったに違いありません。風子さんは怒りの感情に任せて、こんな美術館は潰してやる、とでも言い放ったのかもしれない。そして閉館の計画について詳しく聞かされた小野田さんは、そこで初めて風子さんに殺意を抱いたんです」

朝倉はそう言ってから、再び小野田に視線を向けた。

「しかし、僕にも一つだけ分からないことがあります。あなたはどうしてそこまでして黒石美術館を守ろうとしたんでしょうか。あなたは雇われの副館長にすぎませんし、あなたほどの能力があれば、どこの美術館だろうと喜んで雇い入れてくれるのではないですか？」

朝倉の問いかけに、小野田が応じる気配はなかった。全ての気力を失ったように、ただぼんやりと畳を見つめているだけだった。

最後の鍵となる答えが得られないことには、朝倉としても事件を解明したという気にはなれなかった。だが、小野田があくまでも無言を貫くというのなら、後は警察に任せるしかない。

「それでは小野田さん、続きは署の方で聞かせてもらいましょうか」

山守がそう言って合図すると、部下たちがすっと小野田を取り囲んだ。腕を摑まれて引き立たされても、小野田は抵抗するでもなく呆然とした様子を見せていた。

「……待て」

ふいに、掠れた小声が聞こえた。皆が驚いて振り返る。

呼びかけたのはトワだった。ベッドの手すりを摑んで苦しげに体を起こし、じっと小野田を見つめる。

「小野田、孫たちを殺してまで美術館に執着したのはなぜだ。答えよ」

力のない声だったが、それでも黒石家当主の威厳が込められた言葉だった。

小野田はぎゅっと目をつぶった後、ゆっくりとトワの方へ顔を向けた。それまで抜け殻のようだった顔に、恐れ恥じ入るような表情が浮かんでいた。

「……私が黒石美術館を守ろうとしたのは、自分のためではなく、母のために、でした。私の母は貧しい漁師の家庭に生まれ、幼い頃からろくに学ぶ機会もないまま、ただ食べるためだけに日々の労働に明け暮れていました。それは父の元に嫁ぎ、私が産まれてからも変わりませんでした。私は母が化粧をしている姿を見たことがありませんでしたし、アカギレでひび割れた手や足に薬を塗り込むときの痛みに歪んだ顔は、今でもはっきりと思い出せます。そんな母にとって唯一の慰めだったのが、黒石美術館で美しい芸術品に囲まれている時間でした。もちろん母には美術に関する教養などは無く、絵画の作者の名前など知りもしなかったでしょう。ですが、母がじっと絵に見とれているときの幸せな表情は、私にとっても何より嬉しいものでした。母にもっと色々な絵を見せてあげたい、もっと芸術に触れる喜びを味わわせてあげたい。幼い頃の私にとっては、それが夢でした。……ですが、私が八歳になった年、母は病に倒れて亡くなりました」

そう言って、小野田は再び顔を伏せた。

「この美術館に雇われてからの十五年間は、ずっと母のために働いているつもりでおりました。これまで収集した作品は、全て母に捧げたものだったんです。芸術の才能に乏しかった私にとっては、この美術館こそが母のために作り上げた一つの作品でした。それを失うなど、私には耐えられないことでした。ほんの気まぐれでそのような決定をする百花様たちに、憎しみを抱いたのも事実です」

「……分かった、もういい」

トワはしわがれた声で言うと、のろのろとベッドに背中を預けた。

小野田はじっとトワを見つめた後、深々と腰を折って一礼した。そして、山守たちに促されて座敷を出て行く。

小野田と刑事たちが去ってしまうと、急に座敷が広く感じられた。

「奥様のお体に障りますので、この辺りで」

介護人がそう告げて、居室との間の襖が閉められた。

美代子と二人の家政婦は朝倉たちに一礼して出て行き、早苗と崇も何か気抜けしたような顔で去っていった。

それじゃあ、と竹内がぎこちなく挨拶して帰った後、残された朝倉たちも北棟に移動することにした。

「さあ、病院へ行きましょう」

高市の言葉に、朝倉たちは揃って頷いた。


高市の携帯に電話がかかってきたのは、渡り廊下を進んでいるときだった。

はい、はい、と相手の話に相づちを打つうちに、見る見る高市の表情が明るくなっていくのが分かった。

やがて電話を終えたところで、朝倉は待ちきれずに、

「どうしたんですか？」

と尋ねた。

「病院からの電話でして、つい先ほど、奈月ちゃんが意識を回復したそうです」

高市は目に涙をにじませながら、笑顔で報告した。

朝倉は一乃と顔を見合わせた。あまりの喜びに胸が詰まり、とっさには声が出ない。一乃の目が潤んだかと思うと、涙が溢れ出てきた。朝倉も自分の目が熱くなるのを感じていた。

エピローグ

　黒石トワが亡くなったという知らせが届いたのは、四月下旬のことだった。

　ぜひ葬儀に出席していただきたい、という奈月からの申し出だったが、あいにく一乃はどうしてもスケジュールの都合がつかず、朝倉は単身、北海道に向かうことになった。

　日高本線から見える景色は、すでに朝倉にはお馴《な》染《じ》みのものになっていたが、雪解けを迎えた後ということで別世界のようにも感じられた。

　日高門別駅からタクシーに乗って屋敷に向かうと、駐車場とその周辺に十数台もの車が停まっていた。どれも、葬儀のためにやってきた親族のものだろう。母屋の玄関は開け放たれていて、多くの人がしきりと出入りしていた。

　朝倉はすれ違う人々に会釈しながら、北棟に向かった。

　北棟は以前滞在していたときと変わらない様子だった。玄関に入って奥へ呼びかけると、すぐに厨房から美代子が出てきた。喪服にエプロンという姿だ。

「あらまあ、朝倉さん、お久しぶりです」

　美代子は嬉しそうに挨拶してきた。

「どうもこんにちは。中田さんはお変わりないようで」

「ええ、お陰様で」

　一通りの挨拶を交わした後、美代子は朝倉をリビングに通した。

「いま、奈月様は母屋の方で親族の方々とご挨拶されていますから、しばらくお待ちくださいね」

飲み物を運んできた後、美代子はそう告げた。

今となっては、黒石本家の血筋で残っている者は奈月だけだった。今回の葬儀では喪主となるから、親族や業者への対応でおおわらわのはずだった。

そこで一時間ほども待っただろうか。何度か美代子が顔を見せた他は、一人でじっと静かな時間を過ごすことになった。

「あ、朝倉さん」

ふいに背後から声をかけられ、朝倉は振り返った。

見ると、そこには和装の喪服を着た奈月が立っていた。片手に杖《つえ》をついてはいるが、もう一人で自由に歩けるようだ。

「お忙しいところをお呼び立てして済みませんでした」

奈月は疲れた顔に、ほっとしたような笑みを浮かべる。

「いや、トワさんの葬儀ということなら、出ないわけにはいかないからね。……座って話す時間はあるかい?」

「はい、大丈夫です。お客様への挨拶は一通り済ませましたし、後は葬儀会場のお寺へ移動する時間まで、ゆっくりできます」

朝倉は奈月と一緒に並んでソファに座った。

「喪主となると色々大変だろうね」

「いいえ、親族の方々に決まり切った挨拶をするだけで、面倒な事務手続きなんかは全て高市さんがやってくれてますから」

「高市さんは元気かい?」

「はい。本当なら本社の業務の方で手一杯のはずなのに、お祖母様が入院中は、二日に一度はこちらに帰ってきて、病院との話し合いにも同席してくれ

「いえ、朝倉さんも人が悪いなあ、と思いまして」

「僕が何かしたかな？」

「西条先輩から聞きましたよ、朝倉さんのペンネーム。まさか、朝倉さんがあの『国見綺十郎』だったなんて……」

奈月はじっと朝倉の顔を見つめた。

「いや、その、騙すとかそういうつもりはなかったんだよ。ただ、変に気を遣わせると悪いと思って……それに、僕が作家としてどういう立場にあるかなんて、奈月さんには関係ないからね。僕のことは、ただの朝倉聡太として扱ってくれるかな」

「……はい、ありがとうございます」

奈月は嬉しそうな笑みを浮かべて言った。

「そうそう、西条さんと言えば、昨日彼女から電話で聞いたんだけど、奈月さんは何か僕に頼みがあるとか？」

「ええ、実はそうなんです。こんなお願いをされたて」

「そうか、高市さんがいてくれるなら大丈夫そうだね」

「はい。何もかも頼り切って申し訳ないんですが」

「ところで、西条さんも気にしていたけど、東京に戻ってくる予定はないのかな？」

「……できれば、東京でデザインの仕事を続けたいと思ってはいるんですが、まだそんなわがままを言えるような状況じゃないもので、先行きは未定なんです」

奈月はさらりとした口調で言ったが、その横顔からは内心の葛藤が窺えた。

朝倉としては無責任なことも言えず、そうか、と頷くしかなかった。

しばらく互いに黙り込んだままだったが、ふいに奈月が何かを思い出したようにくすっと笑った。

「どうしたんだい？」

ら朝倉さんもご迷惑だと思いますが、他に頼める相手もいなくて」

「僕にできることなら何でもするよ。それで、どんな頼みなんだい？」

「三翠宝玉を処分するのに立ち会ってもらいたいんです」

「えっ、それじゃあ、トワさんの遺言を本当に実行するんだね」

「お祖母様が亡くなる直前にも念押しされたことなんで、今更、約束を破ることもできなくて」

奈月は複雑な笑みを浮かべて言った。

場合によっては数億の価値があるものを処分するとは、朝倉が同じ立場に置かれたら、とても決心が付かなかっただろう。だが、奈月がそうすると決めた以上、反対するつもりはなかった。

「それで、処分はいつやるんだい？」

「これからすぐにでも。砕いた三翠宝玉をお祖母様の棺に入れる約束でしたから」

「そうか……分かった、それならさっそくやろう」

朝倉としても、気持ちが変に揺らぐ前に済ませてしまいたかった。

ソファから立ち上がる奈月に手を貸し、そのまま杖代わりに体を支える形で、二人は体を寄り添わせてリビングルームを出た。

渡り廊下を通り抜けて母屋に入ると、表座敷の方から騒々しい空気が伝わってきた。しかし、三翠宝玉を納めた社の周囲には人気はなかった。通用口の手前で警報装置を切ってから、朝倉たちは社に向かった。

社に入ると、前と違って祭壇に三方が置かれ、そこに三翠宝玉が納められていた。考えてみれば、勾玉が三つ揃った姿を朝倉が実際に目にするのはこれが初めてだった。改めて眺めると、その透き通るような緑色の勾玉は、どんな宝石よりも美しく感じられた。

「……お祖母様は、今回の恐ろしい事件は三翠宝玉の呪いが引き起こしたのだと、心から信じていました。私としては、そこまではっきりと呪いの存在を信じているわけではありません。しかし、この三翠宝玉がきっかけとなって今回の事件が起きたのは事実です。そういう意味では、人の心に迷いを生じさせて大きな過ちを犯させるような何かが、この三翠宝玉にはあるのかもしれません」

奈月は三翠宝玉を見つめながら言った。そして、床に膝をつくと、祭壇の脇の引き出しを開けて中から布袋を取りだした。袋に入っていたのは鉄製の皿と、重たげなハンマーだった。

奈月は皿を祭壇に載せると、三方の三翠宝玉を移した。ハンマーを手にして、目を閉じて深呼吸をする。

やがて目を開けた奈月は、両手でハンマーを構えた。が、そのままの姿勢でしばらく固まる。

「……済みません、朝倉さん。手を貸していただけませんか？　私一人だと、どうしても思い切りがつかなくて」

気恥ずかしそうな顔で、奈月は朝倉を見た。

「いいとも、一緒にやろう」

朝倉は奈月の手を包み込むようにして、一緒にハンマーを握った。

しばらく二人は互いの呼吸が合うのを待ち、やがてそのときがくると、合図もなく自然にハンマーを振り下ろした。

三翠宝玉は軽い音を立てて、いとも簡単に砕け散った。

本書は書き下ろしです。

オホーツク流氷《りゅうひょう》殺《さつ》人《じん》事《じ》件《けん》

二〇一八年十月三日　第一刷発行

KODANSHA NOVELS

定価はカバーに表示してあります

著者―葵《あおい》 瞬《しゅん》 一《いち》 郎《ろう》

発行者―渡瀬昌彦

発行所―株式会社講談社

東京都文京区音羽二-一二-二一

郵便番号一一二-八〇〇一

編集〇三-五三九五-三五〇六

販売〇三-五三九五-五八一七

業務〇三-五三九五-三六一五

本文データ制作―講談社デジタル製作

印刷所―豊国印刷株式会社　製本所―株式会社若林製本工場

N.D.C.913　228p　18cm

ISBN978-4-06-513256-2

KODANSHA NOVELS

講談社ノベルス

講談社ノベルス25周年記念復刊！
列車消失　阿井渉介

誰が犯人か。謎が謎を呼ぶ！
まだ殺してやらない　蒼井上鷹

鉄道ミステリ界の新風
東海道新幹線殺人事件　葵　瞬一郎

衝撃のトラベルミステリ
オホーツク流氷殺人事件　葵　瞬一郎

長編ユーモアミステリー
三姉妹探偵団　恋の花咲く三姉妹　赤川次郎

長編ユーモアミステリー
三姉妹探偵団　月もおぼろに三姉妹　赤川次郎

長編ユーモアミステリー
三姉妹探偵団　三姉妹、ふしぎな旅日記　赤川次郎

長編ユーモアミステリー
三姉妹探偵団　三姉妹、清く貧しく美しく　赤川次郎

長編ユーモアミステリー
三姉妹探偵団　三姉妹と忘れじの面影　赤川次郎

長編ユーモアミステリー
三姉妹探偵団　三姉妹、舞踏会への招待　赤川次郎

長編ユーモアミステリー
三姉妹探偵団　三姉妹、さびしい入江の歌　赤川次郎

長編ミステリー
二重奏（デュオ）　赤川次郎

ユーモアミステリー
狂喜乱舞殺人事件　赤川次郎

ユーモアミステリー
女優志願殺人事件　赤川次郎

ユーモアミステリー
輪廻転生殺人事件　赤川次郎

ユーモアミステリー
百鬼夜行殺人事件　赤川次郎

ユーモアミステリー
偶像崇拝殺人事件　赤川次郎

ユーモアミステリー
人間消失殺人事件　赤川次郎

長編ロマンチックサスペンス
メリー・ウィドウ・ワルツ　赤川次郎

長編ユーモアミステリー
三人姉妹殺人事件　赤川次郎

爽快・痛快ファンタジー
虹のつばさ　赤城　毅《つよし》

女怪盗VS.一高教師！
麝香姫《じゃこうひめ》の恋文　赤城　毅

銀髪の青年古書ハンター現る！
書物狩人《ル・シャスール》　赤城　毅

銀髪の古書ハンターふたたび！
書物迷宮《ル・ラビラント》　赤城　毅

書誌愛好家必読！
書物法廷《ル・トリビュナル》　赤城　毅

シリーズ初めての長編！
書物幻戯《リイリュジオン》　赤城　毅

「書物」シリーズ第5弾！
書物輪舞《ラ・ロンド》　赤城　毅

「書物」シリーズ待望の〝本格長編〟！
書物審問《ランキジシオン》　赤城　毅

「壮大な仕掛け」満載！
書物奏鳴《ラ・ソナト》　赤城　毅

「書物」シリーズ完結！
書物紗幕《ル・リドー・ド・ガズ》　赤城　毅

サイエンス・ヒストリー・フィクション
鳥玄坊　時間の裏側　明石散人

サイエンス・ヒストリー・フィクション
鳥玄坊　ゼロから零へ　明石散人

第41回メフィスト賞受賞作！
虫とりのうた　赤星香一郎

メフィスト賞受賞第2作！
赤い蟷螂《かまきり》　赤星香一郎

秘湯での残忍な事件の真相は？
幼虫旅館　赤星香一郎

第56回メフィスト賞受賞作
コンビニなしでは生きられない　秋《あき》保《う》水《すい》菓《か》

第20回メフィスト賞受賞作！
月長石の魔犬　秋月涼介

死と再生の象徴、迷宮密室！
迷宮学事件　秋月涼介

渾身の長編ミステリ！
紅玉の火蜥蜴《ひとかげ》　秋月涼介

迷走する事件に解決はあるのか?!
消えた探偵　秋月涼介

学園ホラー×ミステリー！
ひなあられ　日日日

新世紀ミステリー
左眼を忘れた男　浅暮三文

地底の密室！
殺しも鯖もMで始まる　浅暮三文

実験小説家が挑むミステリー短編集
ポケットは犯罪のために　武蔵野クライムストーリー　浅暮三文

捜査と推理の警察ミステリ！
石の繭　警視庁捜査一課十一係　麻《あさ》見《み》和《かず》史《し》

捜査と推理の警察ミステリ！
蟻の階段　警視庁捜査一課十一係　麻見和史

捜査と推理の警察ミステリ！
水晶の鼓動　警視庁捜査一課十一係　麻見和史

捜査と推理の警察ミステリ！
虚空の糸　警視庁捜査一課十一係　麻見和史

捜査と推理の警察ミステリ！
聖者の凶数　警視庁捜査一課十一係　麻見和史

捜査と推理の警察ミステリ！
女神の骨格　警視庁捜査一課十一係　麻見和史

捜査と推理の警察ミステリ！
蝶の力学　警視庁捜査一課十一係　麻見和史

捜査と推理の警察ミステリ！
雨色の仔羊　警視庁捜査一課十一係　麻見和史

捜査と推理の警察ミステリ！
奈落の偶像　警視庁捜査一課十一係　麻見和史

捜査と推理の警察ミステリ！
鷹《たか》の砦《とりで》　警視庁捜査一課十一係　麻見和史

捜査と推理の警察ミステリ！
凪《なぎ》の残響　警視庁捜査一課十一係　麻見和史

本格ミステリのびっくり箱
探偵宣言　森江春策の事件簿　芦辺　拓

殺人博覧会へようこそ
怪人対名探偵　芦辺　拓

事件の舞台は商都と帝都！
少女探偵は帝都を駆ける　芦辺　拓

本格妖怪伝奇
蠱猫《こねこ》　人工憑霊蠱猫01　化野《あだしの》　燐《りん》

本格妖怪伝奇
白澤《はくたく》　人工憑霊蠱猫02　化野　燐

本格妖怪伝奇
渾沌王《こんとんおう》 人工憑霊蠱猫03 化野 燐

本格妖怪伝奇
件獣《くだんじゅう》 人工憑霊蠱猫 化野 燐

本格妖怪伝奇
呪物館《じゅぶつかん》 人工憑霊蠱猫 化野 燐

本格妖怪伝奇
妄邪船《もうじゃぶね》 人工憑霊蠱猫 化野 燐

本格妖怪伝奇
人外鏡《じんがいきょう》 人工憑霊蠱猫 化野 燐

本格妖怪伝奇
迷異家《まよいが》 人工憑霊蠱猫 化野 燐

書下ろし本格推理
化野学園の犯罪 教育実習生 西郷大介の事件日誌 姉小路祐《あねこうじゆう》

リーガル推理小説
司法改革 姉小路祐

歴史ミステリ
「本能寺」の真相 姉小路祐

歴史推理の魅力
京都七ふしぎの真実 姉小路祐

KODANSHA NOVELS 講談社ノベルス

知られざる検察のメカニズム
特捜検察官 —疑惑のトライアングル 姉小路祐

若き検事が姉を殺した犯人を追う
逆転捜査 姉小路祐

あの〝人形探偵〟が帰ってきた!
人形はライブハウスで推理する 我孫子武丸《あびこたけまる》

金田一耕助の孫・金田一一シリーズ
金田一少年の事件簿 電脳山荘殺人事件 天樹征丸《あまぎせいまる》

金田一耕助の孫・金田一一シリーズ
金田一少年の事件簿 幽霊客船殺人事件 天樹征丸

第43回メフィスト賞受賞作!
キョウカンカク 天祢《あまね》 涼《りょう》

〝美少女探偵〟本格ミステリ
闇ツキチルドレン 天祢 涼

本格ミステリ
空想探偵と密室メイカー 天祢 涼

書下ろし本格推理・大型新人鮮烈デビュー
十角館の殺人 綾辻行人《あやつじゆきと》

書下ろし衝撃の本格推理第二弾!
水車館の殺人 綾辻行人

書下ろし驚愕の本格推理第三弾!
迷路館の殺人 綾辻行人

書下ろし戦慄の本格推理第四弾!
人形館の殺人 綾辻行人

究極の新本格推理
時計館の殺人 綾辻行人

驚天動地の新本格推理
黒猫館の殺人 綾辻行人

待望の新本格推理
暗黒館の殺人(上) 綾辻行人

待望の新本格推理
暗黒館の殺人(下) 綾辻行人

欺かるるなかれ!
どんどん橋、落ちた 綾辻行人

戦慄の新本格推理
びっくり館の殺人 綾辻行人

本格ミステリの到達点!
奇面館の殺人 綾辻行人

新本格誕生15周年記念 ミステリー・ナイト
新本格謎夜会 監修 綾辻行人 有栖川有栖

この世で一番美しい密室!?
鏡の城の美女　石崎幸二

論理×狂気!!
人面屋敷の惨劇　石持浅海

サイバー空間×ミステリー
キリストゲーム　CIT 内閣府サイバーインテリジェンスチーム　一田和樹

青春本格ミステリー短編集
北《きた》乃《の》杜《もり》高校探偵部　乾くるみ

第51回メフィスト賞受賞作
恋と禁忌の述語論理《プレディケット》　井上真偽《まぎ》

青髪の探偵・上苙丞登場!
その可能性はすでに考えた　井上真偽

本格ミステリの極点!
聖女の毒杯　その可能性はすでに考えた　井上真偽

講談社ノベルス25周年記念復刊!
竹馬男の犯罪　井上雅彦

死を呼ぶ禁句、それが「メドゥサ」!
メドゥサ、鏡をごらん　井上夢人

「ぼくの鼻は、イヌの鼻!?」
オルファクトグラム　井上夢人

講談社ノベルス25周年記念復刊!
金雀枝《えにしだ》荘の殺人　今邑　彩

究極の推理ゲーム!
密室殺人ゲーム王手飛車取り　歌野晶午

これぞ究極の推理ゲーム
密室殺人ゲーム2.0　歌野晶午

シリーズ第三弾!!
密室殺人ゲーム・マニアックス　歌野晶午

5年1組に探偵クラブ発足!
魔王城殺人事件　歌野晶午

長編本格推理
漂泊の楽人　内田康夫

長編本格推理
琵琶湖周航殺人歌　内田康夫

書下ろし長編本格推理
風葬の城　内田康夫

長編本格推理
平城山を越えた女　内田康夫

長編本格推理
鐘（かね）　内田康夫

長編本格推理
透明な遺書　内田康夫

巨匠鮮烈なるデビュー作
死者の木霊　内田康夫

長編本格推理
「横山大観」殺人事件　内田康夫

長編本格推理
記憶の中の殺人　内田康夫

長編本格推理
箱庭　内田康夫

長編本格推理
蜃気楼　内田康夫

長編本格推理
藍色回廊殺人事件　内田康夫

長編本格推理
不知火海《しらぬいかい》　内田康夫

長編本格推理
中央構造帯　内田康夫

長編本格推理
化生《けしょう》の海　内田康夫

ユーモア本格ミステリー
独捜！ 警視庁愉快犯対策ファイル　霞　流一

傑作「映画ミステリ」短篇集！
死写室 映画探偵・紅門福助《くれないもんふくすけ》の事件簿　霞　流一

精緻な鉄道＆時刻表トリック
希望《ゆめ》のまちの殺し屋たち　加藤眞男

ミステリ漫画界きってのストーリーテラー、初の警察ミステリ！
捕まえたもん勝ち！ 七夕菊乃《たなばたきくの》の捜査報告書　加藤元浩《もとひろ》

警察ミステリ第2弾
捕まえたもん勝ち！2 量子人間《クォンタムマン》からの手紙　加藤元浩

不死身の竜は、誰に、なぜ、いかにして刺殺された⁉
殺竜事件 a case of dragonslayer　上遠野浩平《かどのこうへい》

上遠野浩平×金子一馬　待望の新作！
紫骸城事件 inside the apocalypse castle　上遠野浩平

魅惑のファンタジー×ミステリー！
海賊島事件 the man in pirate's island　上遠野浩平

極上のミステリー×ファンタジー！
禁涙境事件 some tragedies of no-tear land　上遠野浩平

至上のミステリー×ファンタジー！
残酷号事件 the cruel tale of ZANKOKU-GO　上遠野浩平

伝説のシリーズ、ここに再誕！
無傷姫事件 injustice of innocent princess　上遠野浩平

「事件」が生み出したアナザーストーリー
彼方《かなた》に竜がいるならば　上遠野浩平

極上のアドベンチャーノベル
酸素は鏡に映らない No Oxygen, Not To Be Mirrored　上遠野浩平

上遠野ワールドの真骨頂！
私と悪魔の100の問答 Questions & Answers of Me & Devil in 100　上遠野浩平

この世界にはすっごい謎がある！
ぐるぐる猿と歌う鳥　加納朋子

僕と、家族にならない？
ファミ・コン！　鏑矢《かぶらや》　竜《りゅう》

書下ろし伝奇アクション
魔界医師メフィスト 怪屋敷　菊地秀行

江戸が魔界と化す！
幕末屍軍団　菊地秀行

アドベンチャージャパン！
トレジャー・キャッスル　菊地秀行

第29回日本ＳＦ大賞受賞作
新世界より　貴志祐介

極上の北村魔術
盤上の敵　北村　薫

珠玉のミステリーアンソロジー
紙魚家崩壊《しみけほうかい》 九つの謎　北村　薫

第24回メフィスト賞受賞作!!
『クロック城』殺人事件　北山猛邦

世界の果ての本格ミステリ
『瑠璃城』殺人事件　北山猛邦

不可能犯罪の連鎖
『アリス・ミラー城』殺人事件　北山猛邦

トリックの北山が放つ本格ミステリ
『ギロチン城』殺人事件　北山猛邦

衝撃づくしのミステリ短編集
私たちが星座を盗んだ理由　北山猛邦

〝探偵助手〟ゼミ、波乱の孤島合宿！
猫柳十一弦の後悔 不可能犯罪定数　北山猛邦

〝波乱万丈〟大学生活！　青春ミステリ!!
猫柳十一弦の失敗 探偵助手五箇条　北山猛邦

崩壊した東京で生き残るんだ!!
サバイバー23区 東京崩壊生存者　木下半太

KODANSHA NOVELS 講談社ノベルス

ミステリ・ルネッサンス
姑獲鳥の夏（うぶめのなつ) 京極夏彦

超絶のミステリ
魍魎の匣（もうりょうのはこ） 京極夏彦

本格小説
狂骨の夢（きょうこつのゆめ） 京極夏彦

小説
鉄鼠の檻（てっそのおり） 京極夏彦

小説
絡新婦の理（じょろうぐものことわり） 京極夏彦

小説
塗仏の宴 宴の支度（ぬりぼとけのうたげ うたげのしたく） 京極夏彦

小説
塗仏の宴 宴の始末（ぬりぼとけのうたげ うたげのしまつ） 京極夏彦

妖怪小説
百鬼夜行――陰（ひゃっきやこう――いん） 京極夏彦

探偵小説
百器徒然袋――雨（ひゃっきつれづれぶくろ――あめ） 京極夏彦

冒険小説
今昔続百鬼――雲（こんじゃくぞくひゃっき――くも） 京極夏彦

小説
陰摩羅鬼の瑕（おんもらきのきず） 京極夏彦

探偵小説
百器徒然袋――風（ひゃっきつれづれぶくろ――かぜ） 京極夏彦

小説
邪魅の雫（じゃみのしずく） 京極夏彦

近未来を生きる少女たちの冒険譚！
ルー＝ガルー 忌避すべき狼 京極夏彦

近未来ミステリ、待望の続刊！
ルー＝ガルー2 インクブス×スクブス 相容れぬ夢魔 京極夏彦

妖怪小説短編集
完本 百鬼夜行――陰 京極夏彦

妖怪小説短編集
完本 百鬼夜行――陽 京極夏彦

第12回メフィスト賞受賞作!!
ドッペルゲンガー宮（あかずの扉研究会 流氷館へ） 霧舎 巧

霧舎巧版〈獄門島〉出現！
カレイドスコープ島（あかずの扉研究会 笹倉へ） 霧舎 巧

乱れ飛ぶダイイング・メッセージ！
ラグナロク洞（あかずの扉研究会影郎沼へ） 霧舎 巧

Whodunitに正面から挑んだ傑作！
マリオネット園（あかずの扉研究会 葦牡へ） 霧舎 巧

私立霧舎学園ミステリ白書
四月は霧の00密室 霧舎 巧

私立霧舎学園ミステリ白書
五月はピンクと水色の恋のアリバイ崩し 霧舎 巧

私立霧舎学園ミステリ白書
六月はイニシャルトークDE連続誘拐 霧舎 巧

私立霧舎学園ミステリ白書
七月は織姫と彦星の交換殺人 霧舎 巧

私立霧舎学園ミステリ白書
八月は一夜限りの心霊探偵 霧舎 巧

私立霧舎学園ミステリ白書
九月は謎×謎修学旅行で暗号解読 霧舎 巧

私立霧舎学園ミステリ白書
十月は二人三脚の消去法推理 霧舎 巧

私立霧舎学園ミステリ白書
十一月は天使が舞い降りた見立て殺人 霧舎 巧

私立霧舎学園ミステリ白書
十二月は聖なる夜の予告殺人 霧舎 巧